双葉文庫

書き下ろし 長編性春エロス

ごっくん桃乳

草凪優

目次

ごっくん桃乳《ももちち》

第一章　教えてあげる

1

「この部屋に泊まりたい？　なるほど、もう時間も遅いし、どうせ明日も来てくれるならそのほうが都合がいいかもしれないね。でもさ、よーく見て。この部屋のどこに泊まるところがある？　ベッドはシングルがひとつだけ、お客さん用の布団もなければ、ソファすらないんだよ」

　町田勇作《まちだゆうさく》は部屋の中央に立って両手をひろげた。勇作が独り暮らしをしているこの部屋は絨毯《じゅうたん》敷きの洋室で、畳に換算すれば十畳ほどあるいささか広めのワンルーム。しかし、広めといってもワンルームはワンルームであり、女の子を泊められるスペースなどない。

「あのう……同じベッドで寝ちゃダメですか？」

　由麻《ゆま》はオレンジ色のワンピースに包まれた肉づきのいいボディをもじもじとよ

じると、栗色に染めたセミロングの髪をかきあげて、甘えるような上目遣《うわめづか》いで見つめてきた。ぱっちりと大きな眼をした童顔《どうがん》が上目遣いになると、尋常ではない可愛らしさだった。

彼女は勇作と同じ二十二歳。アパレル系ショップの店員をしているらしいが、その他のプロフィールは名字も含めて不明なことばかり。

勇作が由麻と知りあったのは、ひと月ほど前のことで、勇作の人生を揺るがした大事件に関わっているのだが、その話はひとまず置いておく。

「ね、ね、いいでしょ? 抱き枕かなんかだと思って、一緒に寝かせてください。わたし、寝相はいいほうだし、そんなに場所をとらないから……」

由麻は屈託のない笑顔で言ったが、ちょっと笑っただけで胸のふくらみがタプタプと揺れた。彼女は服の上からでもはっきりとわかる巨乳だった。たしかに背は高いほうではないけれど、童顔に似合わないとびきりのグラマーであることは一目瞭然なので、勇作は「場所をとらない」という言葉に苦笑した。しかし、その顔はすぐにひきつった。

「じゃあ、寝間着に着替えます」

由麻が首の後ろに両手をまわして、ワンピースのホックをはずしたからだ。ちりちりとファスナーをおろす音がやけに生々しく耳に届き、勇作はあわてて由麻に背中を向けた。

「脱ぐなよ、服を……人の家で勝手に……」

どぎまぎして声を震わせる勇作をよそに、

「ふふっ。わたし、アパレルショップで働いてるから、可愛い寝間着いっぱい持ってるんですよ」

答える由麻はどこまでも屈託がなかった。悪戯《いたずら》っぽくでも、からかっているようでもなく、邪念《じゃねん》がまったく感じられない。

（おいおい……）

背後から服を脱ぐ衣《きぬ》ずれ音が聞こえてきて、勇作の心臓はにわかに早鐘を打ちはじめた。本当に着替えているらしい。ということは、いま振り返れば由麻の下着姿とご対面できるということだろうか？　服の上からでもはっきりとわかる巨乳の、胸の谷間を拝めてしまうのか。

見てみたかった。

ここは自分の部屋なのだから、なにも遠慮することなどない。堂々と振り返ってむさぼり眺めてやればいい、ともうひとりの自分が耳元でささやく。

それでも動けずに身をすくめていると、着替えおえた由麻は、壁のスイッチを押して天井の蛍光灯を豆球に変えた。橙《だいだい》色の薄闇の中を、ダダッと走ってベッドにもぐりこんだ。

（エ、エロすぎるだろ……その格好は……）

一瞬の出来事だったが、勇作の眼には由麻の姿がしっかり映った。

由麻が着けていたのは寝間着といってもパジャマではなく、丈の長いロングTシャツなどでもなく、真っ赤なレースのキャミソールだった。華奢《きゃしゃ》な肩には細紐がかけられているだけで、生地は衝撃的なシースルー。しかも下は白いパンティ一枚。むちむちした太腿が丸出しで、ぷりんと丸みを帯びたヒップを純白のフルバック・パンティが包みこんでいた。

さらに、である。ベッドにもぐりこむ際、横からチラッと見ただけだが、キャミソールの下で胸のふくらみが激しく上下にバウンドしていた。由麻は寝るときにブラジャーを着けない主義らしい。ノーブラだから、大きなふくらみがあんなに激しくバウンドしたのだ。

勇作は勃起してしまった。

由麻の巨乳が、いまやスケスケのキャミソールの下で限りなく無防備な状態になっている――そう思うと勃起せずにはいられなかった。布団をめくればその姿を確認でき、抱き枕のように抱きしめれば感触まで味わってしまえるのだ。

いや……。

若い男女が狭いベッドで身を寄せあって、抱き枕のように抱くだけですむはずがない。

由麻はその気なのだ。

今日は最初から体を許してくれるつもりでこの部屋を訪れ、だからこそあんないやらしいキャミソールまで用意してきたに違いない。

（まったく、なんてやつだよ……やらせてくれるのか？　そのむちむちボディを好き放題にしちゃっていいのか？　嬉しすぎるぞ……嬉しすぎるけど……）

勇作が金縛りに遭ったように動けないでいると、

「なにやってるんですか？」

由麻は布団にもぐったまま声をかけてきた。

「早く入ってきてください。ひとりじゃ淋しい……」

「いや、でも……」

勇作は理性を振り絞って答えた。

「そんな狭いベッドで一緒に寝たら……なんていうか、その……俺だって男なわけだし……むらむらしてきちゃうっていうか……エッチな気分になっちゃうかもしれないじゃないかよ……」

ベッドに入る前からすっかりエッチな気分になり、ジーパンの下で勃起しきった肉茎をずきずきと疼《うず》かせていることは秘密だ。

「あのう……」

由麻が布団から顔の上半分だけをのぞかせた。眼が物欲しげに潤《うる》んでいた。いつもの健康的な顔が、ひどく淫らになっていて、勇作はブリーフの中で熱い我慢汁をどっと漏らした。

「……いいですから」

由麻は声まで潤ませてささやいた。

「エッチな気分になってもいいです。由麻でよかったら、なんだってしてあげる。だって……だって勇作くん、この部屋から出られないんでしょ？　由麻のせいで出られなくなっちゃったんでしょ？　だったら女の子と知りあうこともできないじゃない。エッチだって……だから由麻が……」

勇作は言葉を返せないまま、呆然《ぼうぜん》とその場に立ち尽くしていた。

2

四月上旬——。

街に桜の花が咲き乱れ、その下を初々《ういうい》しいスーツ姿の新入社員たちが、希望に胸をふくらませて闊歩《かっぽ》している季節である。

この春に大学を無事卒業した勇作も、本来ならその中の一員になっているはずだった。

母校は二流の私立だったが、成績がそれなりによかったのと、二年生のときから早々に就職活動を行っていたのが幸いし、大手酒造メーカーから内定をもらっていた。この就職氷河期時代、教授やクラスメイトに「奇跡」と言われるほどの快挙であり、勇作自身も就職戦線の勝ち組として社会人生活をスタートできることに、しみじみと幸福感を覚えていた。

しかし、問題がなかったわけではない。希望した事務職ではなく、営業職での採用だったのだ。

勇作は子供のころから地道な性格で、目立たないところでコツコツ努力を積み重ねるのは得意だったが、人付き合いは苦手なほうだった。営業職となれば、毎日数えきれないほどの人間と顔を合わせ、自社製品を売りこまなければならない。そんな仕事が果たして自分に務まるかどうか激しく不安を覚え、大学の就職課の人に相談したところ、

「名のある一流企業から内定をもらっておいて、贅沢《ぜいたく》言ってんじゃないよ！　キミの同期生たちはなあ、みんな派遣会社に登録するか就職浪人するかで悩んでいるんだぞ。仕事の向き不向きなんてやってみなけりゃわからないんだから、とりあえずもぐりこんどけばいいんだよ」

と鬼の形相《ぎょうそう》で説教をされた。

たしかにそのとおりかもしれないと勇作は思ったが、卒業前に始まった内定者研修会に顔を出すと、やはり不安を覚えずにはいられなかった。酒造メーカーだけあって、同期はみな体育会系の酒豪自慢ばかり。「ガンガン呑んで、どんどん成績をあげてやる！」と鼻息も荒く、さして酒が強くない勇作は蚊帳《かや》の外で憂鬱《ゆううつ》な気分を噛みしめていなければならなかった。

そんな気分の影響もあったのだろう。

二回目の内定者研修会の日には、思いきり寝坊をしてしまった。顔を洗う時間もないまま、スーツの上着と鞄《かばん》を脇に抱えて玄関を飛びだした。なんとかぎりぎ

り間に合うか間に合わないか、きわどいところだった。走りながら何度も腕時計を確認し、あと一歩というところで踏切につかまった。「開かずの踏切」として近所で忌《い》み嫌われている踏切だった。

（まいったな……）

勇作は天を仰いだ。

前回の研修会で「営業マンの基本は時間厳守」と厳しく釘を刺されたばかりだった。遅刻するくらいならいっそ仮病を使って休んだほうがマシかもしれないと思っていると、隣でチリンチリンとベルが鳴った。女の子が自転車のベルを鳴らしたのだ。その真っ赤な自転車には見覚えがあった。駅に向かって走ってくる途中、何度か抜いたり抜かれたりしていた。

「ずいぶん急いでるみたいですね？」

声をかけてきたその女の子が、由麻だった。

「よかったら、後ろに乗せてあげましょうか？」

勇作には彼女が天使に見えた。眼のぱっちりした可愛らしい童顔がストライクゾーンのど真ん中だったからでも、ニットシャツを盛りあげている胸のふくらみが息を呑むほど大きかったからでもない。

踏切を越えれば駅までは長い下り坂なので、自転車で駆けおりれば、まだ遅刻を逃れるチャンスがあると思ったからである。

「申し訳ない。これからどうしても遅れられない研修会があるんだ。お言葉に甘えていいかな？」

息をはずませながら言うと、

「もちろんですよ」

由麻はまぶしい笑顔を浮かべてVサインを出した。真夏の太陽とか、それに向かって咲き誇るひまわりとか、そういうものを彷彿《ほうふつ》とさせる笑顔だった。

「でも……男が女の後ろに乗ってるのも格好悪いな。僕が運転するからキミが後ろに……」

勇作が言いかけたところで、電車が通りすぎて踏切の鐘が鳴りやんだ。

「急いでください」

由麻が後ろに乗るように急《せ》かしてきたので、勇作は反射的に荷台をまたいでしまった。あとでたっぷりと後悔した。サドルを譲ってもらうのに十秒もかからないのだから、譲ってもらうべきだった。そんな短い時間も惜しんでしまうほど、勇作はあわてていたのである。

「出発っ！」

由麻は立ち漕ぎで勢いよくペダルを踏みこんだ。眼の前でミニスカートに包まれたヒップが悩ましく揺れはずんで、勇作はどぎまぎした。けれども由麻はまるで頓着《とんちゃく》せず、坂道に差しかかってサドルに尻を乗せてからも、前のめりになって元気よくペダルを漕ぎつづけた。前方にクルマも人影もなかったが、いささか元気がよすぎた。気がつけば、尋常ではないスピードで坂をくだっていて、ブレーキすらかけられない状態になっていた。

「つかまってっ！　わたしにつかまってっ！」

由麻がひきつった声で絶叫した。勇作は荷台をつかんでいたのだが、それだとバランスが悪いらしく、ハンドルがゆらゆらと揺れている。

「倒れちゃうからっ……倒れちゃうから、つかまってえええーっ！」

それでも、勇作は由麻の腰に手をまわせなかった。大怪我をする危険があるとはいえ、初対面の女の子にしがみつくことがどうしてもできなかった。

坂の途中のコーナーがゴミ捨て場になっていて、そこに大量の段ボールが捨てられていなかったら、本当に大怪我をしていただろう。

由麻はハンドルを操作しきれず、自転車は段ボールの山に突っこんだ。ふたりの体は宙に投げだされ、民家の庭に落下した。下は芝生《しばふ》だった。自転車はぐしゃぐしゃに潰れてしまったけれど、ふたりはかすり傷ひとつ負わなかった。ある意味、就職戦線の勝ち組になった以上の奇跡だったかもしれない。

しかし、体は無事でも、勇作は心に大きなダメージを負ってしまった。

翌日は大事をとって一日中自宅で休み、次の日に外に出ようとすると、出られなくなっていた。

外出恐怖症とでも言えばいいだろうか。

どういう現象なのかわからないが、扉を開けて外に足を一歩踏みだそうとすると、全身が金縛りに遭ったように硬直してしまうのだ。無理に出ていくと激しい眩暈《めまい》が襲いかかってきて視界がぐるぐるまわりだす。まっすぐに歩くことができず、電信柱にしがみついて嘔吐《おうと》をこらえては、地べたにしゃがみこんで呼吸を整え、百メートル進むのに大げさではなく三十分以上かかる。

自宅の中にいれば普段となにも変わりがないのに、一歩でも外に出るとその有様なのだ。

病院まで這うようにして行って、ありとあらゆる検査を受けたが、すべて異常なしだった。

「事故の影響で心のどこかに傷を負ったことは間違いないみたいだが……まあ、時間が解決してくれるのを待つしかないね」

　医者もそう言って匙《さじ》を投げた。

「でも先生。僕、四月から就職するんですよ。友達にも羨ましがられてる、けっこう有名な会社に就職を……ねえ、先生。外に出られないんじゃ働けないじゃないですか……お酒の営業できないじゃないですかあああああっ……」

　泣いても叫んでも症状は改善されず、勇作の就職はふいになった。電話で人事課の人に説明すると、

「それはお気の毒に。ひとまずは体を治すことに専念してください」

　まったく抑揚《よくよう》のない棒読み口調で言われ、電話を切られた。どうやら、勇作が営業職に不満を持っていたのを見透かされていたらしい。外出恐怖症などというのは体《てい》のいい言い訳に聞こえたようで、休職扱いにもしてくれなかった。このご時世、新入社員のスペアなどいくらでもいるのである。

（ちくしょう……）

　絶望に塗りつぶされた生活の中で、唯一の救いが由麻だった。

　勇作が事故のショックで外出恐怖症になったことを知ると、毎日のようにお見

舞いにやってきてくれた。徒歩圏内のアパートに住んでいる近所同士ということもあり、独り暮らしで外に出られないんじゃ不便でしょうと、食料を届けてくれ、やがて料理や掃除もしてくれるようになった。

彼女のせいでこんなことになってしまったのだ、と思ったこともある。恨み節が喉元まで出かかり、八つ当たりをしそうになったことも……。

しかし、よくよく考えてみれば、由麻が「わたしにつかまってっ！」と叫んだとき、勇作が素直に従っていれば、コーナーを曲がれたかもしれないのだ。彼女がブレーキをかけなかったのも、急ブレーキをかけた場合、宙に放りだされるのが後ろに乗っていた勇作だったからだろう。

照れくさいのではっきり口に出しては言えなかったが、甲斐甲斐《かいがい》しく世話を焼いてくれる彼女に涙が出るほど感謝していた。童顔とグラマーなボディが不釣り合いな彼女は、嫌いになることが難しいほど可愛らしく、毎日顔を合わせているうちに自然と恋心が育《はぐく》まれていった。

だが、勘違いしてはいけない。

由麻は事故に責任を感じて、世話を焼いてくれているにすぎない。

そう何度も自分に言い聞かせた。

だから、彼女がいつものように料理を作りにきてくれたその夜、ベッドに誘ってきたことは、青天の霹靂《へきれき》以外のなにものでもなかった。

3

「……同情かい？」

勇作は震える声を絞りだした。

「同情とか憐れみとかで、そんなことまでしてほしくないな。向こうを向いてるから、早く服を着てくれ」

ベッドにもぐっている由麻に背中を向けた。背中を向けてもジーパンの前がもっこりとふくらんでいるのが、哀しくも滑稽である。

おまえ、馬鹿じゃねえのっ！

と、もうひとりの自分が耳元で怒声をあげた。同情だろうが憐れみだろうが、やらせてくれるって言うんだから、やらせてもらえばいいじゃないか。好きなんだろ？　彼女のことが。あんな可愛い子、事故にでも遭わなかったら、知りあうことすらできなかったってっ！

たしかにそのとおりだった。

しかし、棚ボタを棚ボタとしておいしく賞味できないのが、勇作なのだ。

理由は簡単である。

女性経験がまったくない、童貞だからだ。

童貞であればこそ、坂道を猛スピードでくだっていくとき、由麻の「わたしにつかまってっ！」という叫びに応えられなかったのである。事故を起こして大怪我をするより、女体にしがみつくことが恐ろしかったのである。

背後で布団が動く音がした。

自分で言っておきながら、彼女が服を着てこの部屋を出ていってしまうと思うと、足元から恐怖がじわじわこみあげてきた。恥をかかされたと泣かれてしまったら、どうすればいいだろう？　あるいは怒って二度とこの部屋にやってきてくれなくなったら、取り返しのつかないことになる。

だが、彼女は服を着なかった。ベッドからおりると、グラマーなボディを勇作の背中にあずけ、

「哀しいこと言わないで……」

潤んだ声でささやいてきた。

「そりゃあ最初は、事故を起こした責任とか、そういうのもあってここに来てた

けど……それだけでエッチしようって言うほど、わたし、軽くない……」

背中にぎゅっとしがみつき、頬をこすりつけてくる。

（嘘だろ……）

勇作は熱いものがこみあげてくるのを感じた。つまり、彼女も自分のことが好きだということだろうか？　ふたりは相思相愛ということか？

それでもあくまで疑り深い二十二歳の童貞は、「俺のことが好きなの？」と振り返って言質《げんち》をとろうとしたが、できなかった。勇作が振り返るより早く、由麻が前にまわりこんできたからである。

（うわあっ……）

勇作は眼を見開き、息を呑んだ。

赤いキャミソールを着けた由麻の姿は、犯罪的ないやらしさだった。

キャミの下はやはりノーブラで、たわわに実った胸のふくらみがレースの向こうに透けていた。乳首だけはかろうじて隠れているものの、たっぷりした裾野のカーブや、そのくせきゅっと締まったウエストのラインがよく見える。もちろん、下半身の衝撃度はさらに倍だった。股間に食いこんだ純白のパンティと、剥きだしになっているむっちりした太腿が、生々しく輝いている。

（エロい……エロすぎるよ……こんな格好……）

あまりの興奮に勇作がぼうっとしてしまうと、由麻は勇作のシャツのボタンをはずし、脱がしはじめた。由麻のキャミソール姿に悩殺されていた勇作は、なすがままだった。

「はい、バンザイ」

と両手をあげるようにうながされ、Tシャツも脱がされた。ひどく恥ずかしかったけれど、海水パンツを穿いたときでも上半身は裸だ。童貞の勇作にとって未知の領域は、そこから先だった。

由麻は足元にしゃがみこむと、ベルトをはずし、ジーパンをおろした。靴下まで脱がされ、あっという間に、もっこりと前がふくらんだグレイのボクサーブリーフ一枚にされてしまった。

「あっちへ行きましょう」

立ちあがった由麻に背中を押され、勇作はベッドに向かった。右手と右足を同時に出して歩くようなぎこちなさで、布団の中に入っていった。

由麻も布団に入ってくる。

なんとも言えない甘い匂いが、布団の中にこもっていた。

女の匂いだ。

半裸の由麻が発する、男心を揺さぶる芳《かんば》しいフェロモンだ。

嗅ぐほどにブリーフの中のペニスは怖いくらいに硬くなっていたが、同時に激しい緊張も誘った。筋肉どころか、内臓までがガチガチになって、ろくに呼吸もできなくなってしまう。

そんな気持ちも知らぬげに、由麻は身を寄せてきた。体を小さく丸め、早く抱きしめてとばかりに勇作の胸に密着してくる。恥ずかしいほどふくらんだブリーフの股間が、肉づきのいい太腿でぎゅっと押され、

「おおおっ……」

勇作は情けない声をもらしてしまった。むちむちした由麻の太腿の感触が、ペニスの芯から体の芯まで電流のように流れてきた。

「……キスして」

由麻が潤んだ瞳で見つめてくる。笑顔を浮かべているときはどこまでも健康的なくせに、瞼《まぶた》を半分閉じ、唇を半開きにした表情が挑発的なまでにセクシーだった。

しかし、それでも勇作が動けずにいると、

由麻は頬をふくらませて睨《にら》んできた。

「もうっ！」

「女の子にばっかりリードさせるなんて、勇作くん、ずるいよ。キスくらい、自分からしてくれたっていいじゃない」

「いや、その……」

勇作がしどろもどろになると、

「もしかして、わたしの勘違い？」

由麻は潤んだ瞳を不安げに曇らせた。

「同情とかじゃなくて、由麻は勇作くんが好きで、勇作くんも由麻のことを好きになってくれたんじゃないかって思ってたけど……勘違いなの？」

「勘違いじゃないですっ！」

勇作はあわてて言い、

「勘違いじゃないですけど……なんて言うか、その……あの……」

バッと布団を剥いで起きあがり、ベッドの上で正座をした。驚いて眼を丸くしている由麻の顔を、上目遣いでうかがい、

「……草食系男子っているじゃないか？」

蚊の鳴くような声で言った。

「うん」

由麻が怪訝《けげん》な面持ちでうなずく。

「実は俺、なにを隠そうあれなんだよね……アハハハ……」

勇作は額《ひたい》を叩いて笑ったが、

「でも、草食系男子って……」

由麻は不思議そうに首をかしげて、勇作の顔と股間を交互に眺めた。勃起しすぎたペニスがブリーフを突き破りそうになり、グレイのテントの先端には我慢汁がつくった恥ずかしいシミまで浮かんでいる。

「性欲の薄い男の子のことを言うんでしょ？　勇作くんは違うと思うけど」

「いや、その……」

勇作は男のテントを両手で隠した。その衝撃だけで背筋が伸びあがり、我慢汁が噴きこぼれる。テントの先端のシミが、さらに黒々と広がっていく。

（まいったな、もう……）

勇作は正座したまま情けなく背中を丸め、苦《にが》りきった顔でチラチラと由麻の顔をうかがうことしかできなかった。

さすがに二十二歳にもなって、みずから童貞を告白するのは恥ずかしすぎる、と思ったからだ。自分から誘ってきた由麻は、それなりに場数を踏んでいるだろう。これだけ可愛いのだから昔からモテモテだったに違いなく、素敵な彼氏と熱い夜を過ごした経験がないわけがない。

ならば、気づいてくれないだろうか？　過去の男性経験に対する嫉妬はひとまず置いておこう。だから、こちらが童貞であることを察してくれてもいいのではないか？

しかし由麻は、いくらチラチラ視線を送っても、罪のないキョトンとした顔で首をかしげるばかりだった。天真爛漫《てんしんらんまん》な彼女に腹芸は通じないらしく、勇作は覚悟を決めるしかなくなった。

「あのね、じゃあ言うよ……はっきり言ってやるよ……」

「……はい」

由麻はやはりキョトンとしていたが、体を起こして正座した。妙なところで礼儀正しい女の子だった。

「要するにね、俺は童貞なのっ！　セックスしたことがないのっ！　性欲が薄いわけじゃないけど、なんとなくモテないうちに二十二歳になっちゃって……だから、リードしたくてもできないんだよ。情けないけど、どうしていいのかわかんないっていうか……アハハハ。笑えよ。二十二歳にもなって女を抱いたこともないなんて、気持ちが悪いって笑ってくれよ……」

由麻は笑わなかった。

可愛い童顔を悲痛に歪《ゆが》め、次の瞬間、泣きだした。「えっ、えっ」と声をあげ、ふっくらした双頬を大粒の涙で盛大に濡らしていった。

4

「なに泣いてるんだよ？　泣きたいのは、そっちじゃなくてこっちだろ」

勇作は、由麻の泣き顔に驚き、戸惑い、訳がわからず、尖《とが》った声をあげてしまった。

実際、勇作も泣きたかった。

せっかくこれ以上ない相手と初体験が迎えられそうだったのに、童貞を告白しなければならないわ、告白すればどういうわけか泣かれてしまうわ、踏んだり蹴ったりの心境である。

（ああっ、なんでこんなことになっちゃうんだよ……こんなことなら、ソープかなんかでさっさと童貞を捨てておけばよかった……)

しかし、すべては後の祭である。勇作にできることはもはや、由麻が泣きやんでくれるのを所在なく待っていることだけだった。

「ううっ……ううう……」

嗚咽《おえつ》を噛み殺して泣く由麻の姿は、なんだか少女じみていた。正座をして、両手の人差し指を眼の下にあてた仕草が、なおさらそんなふうに見せる。

けれども、首から下は巨乳を誇るグラマーなボディに、煽情的《せんじょうてき》な赤いキャミソールだった。バストの輪郭も、ウエストのラインも透けさせて、清純な白いパンティと太腿は丸出しなのである。

(たまんないな……)

勇作はごくりと生唾を呑みこんだ。可愛い顔と淫らなボディの、アンバランスさが激しくそそった。欲情に駆られた眼で見れば、少女じみた泣き顔すらもなんだかいやらしく、情事のときの悶え顔に見えてくる。

「ううっ、ごめんなさい……」

由麻は指で拭いきれなくなった頬の涙を拭うために、キャミソールの裾を持ちあげた。縦に割れた綺麗な臍《へそ》と、白いパンティが無防備な状態になる。股間にぴっちりと食いこんだ白い薄布が、小高いヴィーナスの丘の形状を露《あらわ》にする。

（うおおおおーっ！）

勇作は思わず身を乗りだしてしまった。

女の匂いがむんむんと漂ってきそうなヴィーナスの丘も、正座をしているせいでやけにむっちりしている太腿も、身震いを誘うほどエロティックだ。

「ごめんなさい、勇作くん……わたし、無神経だったね……嫌な気分にさせちゃったね……わたし、ちょっとそういうところあるから……ぼんやりっていうか、抜けてるっていうか、天然っていうか……」

「いや、もう気にしなくていいから……」

勇作は恐縮してしまった。彼女がどうして急に泣きだしたかと思えば、おのれの無神経さを恥じていたのである。二十二歳にもなって童貞であることを笑うどころか、気遣いが足りなくてごめんなさい、と謝っているのである。なんとやさしく、健気《けなげ》な女の子であろうか。

「それじゃあ……わたしがリードすればいい？」

由麻は身を寄せてくると、泣き濡れた童顔にまぶしい笑みを浮かべた。そのまぶしさに勇作は一瞬たじろいたが、由麻の顔からすぐに笑みは消え、先ほどまでの悩ましい表情になった。

ベッドに仰向けに倒された。

由麻がその上に馬乗りになってくる。

勇作がその重みにドキドキする間もなく、由麻は眉根を寄せたせつなげな表情で口づけを迫ってきた。

「……ぅんっ！」

唇と唇が重なった。由麻の唇は——とくに下唇が——体つきによく似てぷりぷりと肉厚で、もぎたてのサクランボのような感触がした。

「ぅんんっ……ぅんんっ……」

由麻はうぐうぐと唇を収縮させ、勇作の口を吸ってきた。勇作がたまらず口を開くと、ぬるりと舌が差しこまれた。その一瞬のことを、勇作はこれから一生忘れないだろうと思った。甘い吐息に唾液、そしてなによりつるつるとなめらかな舌の感触に、感動せずにはいられなかった。

「むうっ……むううっ……」

勇作は鼻息も荒く、由麻の舌に舌をからめていった。少し下品すぎるだろうかと心配しながらヌチャヌチャとからめると、由麻はもっと大胆にネチャネチャとからめ返してくれる。大胆さが大胆さを呼び、必然的にむさぼるようなディープキスになっていった。甘やかな由麻の唾液が勇作の唾液と混じりあい、いやらしいほど粘っこくなっていく。

（たまらないよ……）

勇作は舌をからめあう快感に酔い痴《し》れながら、薄眼を開けて由麻の顔を凝視《ぎょうし》していた。感触もたまらなかったが、見た目はさらにエキサイティングだった。普段はあどけないほど可愛い由麻の顔が、眉根を寄せ、眼の下をねっとりと赤く染め、ディープキスをしているのである。

口だけでなく、顔中を舐めまわしたかった。とくに涙に濡れ光っている頬は舌を這わせてみたくてしょうがなかったが、そこは童貞の哀しさで、みずから積極的に動くことができない。

すると由麻は、唇をそっと離した。

耳から首筋にかけて、チュッチュチュッと音をたててキスをしてくれた。文字どおり、数えきれないほどのキスの雨だった。

それから、馬乗りになった体を少しずつ後ろにずらしていき、乳首にもキスをしてくれた。チュッと吸いたてては、ねっとりと舌を這わせてくる。呆れるほどエッチな舌使いだ。

（おおっ、なんて気持ちいいんだ……男の乳首にも、性感帯があるんだな……）

舌が這う感触はややくすぐったいものの、チュウッと吸われると乳首の芯に歓喜の電流が走った。さらに舐められると、くすぐったさが蕩《とろ》けるような快感に変わり、身震いがとまらなくなってしまった。

しかし。

そんなものはまだ序の口だった。

由麻はさらに体を後ろにずらすと、恥ずかしいほどふくらんだブリーフの股間を凝視してきた。

「……すごい元気」

うっとりとつぶやき、両手を伸ばして男のテントを包みこんでくる。

「こんな元気な草食系男子なんているわけないよ……うん、絶対いない……」

すりっ、すりっ、と慈《いつく》しむように男のテントを撫でさすり、瞳をどんどん潤ませていく。由麻の瞳は明るいところで見ると茶色がかっているが、豆球だけの薄闇の中では黒く、潤みに潤んでどこまでも深い色になっていく。

（助けてくれ……苦しい……）

勇作は体をピーンと突っ張らせ、息もできない興奮の坩堝《るつぼ》にいた。ブリーフ越しに伝わってくる指の動きが、いやらしすぎた。収縮性のある生地にぴったりと包みこまれている硬直したペニスを、肉竿から根元、あるいは玉袋のほうまで撫でまわし、おいでおいでをするように十本の指を躍らせる。興奮すればするほどペニスはブリーフの中に閉じこめられ、刺激が強まっていく。息苦しさと快感が背中合わせの無間《むげん》地獄に、悶絶することになる。

（脱がせてくれよ……意地悪しないで、もう脱がせてくれってっ！）

胸底でいくら叫んでも、うっとりした顔で指を躍らせている由麻には届かない。かといって、恥ずかしくて口には出せない。言葉を出すかわりにぎゅっと眼をつぶると、瞼《まぶた》の奥から熱い涙があふれてきた。

「気持ちいい？」

由麻に上目遣いで訊ねられ、勇作はうなずいた。首が折れるほどの勢いで何度もうなずいたが、それが裏目に出た。

由麻はブリーフ越しの愛撫が気持ちいいと受けとったらしく、まだ脱がしてくれずに男のテントに顔を近づけてきた。我慢汁のシミが黒々と浮かんだテントの先端を、ハムハムと口で愛撫してきた。

「おおおおっ……」

勇作の口からだらしない声がもれる。

(なんてことするんだっ！　可愛い顔してなんてことするんだああーっ！)

呼吸はおろか、瞬《まばた》きすらできなくなった。上目遣いで勇作を見ながら、男のテントをハムハムしている由麻の顔は、可愛らしさといやらしさが奇跡の均衡《きんこう》でバランスを保ち、この世のものとは思えないエッチなオーラを放っていた。見れば見るほど引きこまれていき、現実感を奪われてしまう。

自分の顔が茹《ゆ》で蛸《だこ》のように真っ赤になっていることが、鏡を見なくても確信できた。そのうえ眼もひん剝いて呼吸すら忘れている顔は、さぞや滑稽に違いない。人に見せてはいけない、品性の欠片《かけら》もない顔をしていることだろう。

恥ずかしかった。もしかしたら、今日はとことん恥をかく日なのかもしれない。童貞を告白しただけではなく、見せてはいけない顔を見せてしまったうえに、決定的なカタルシスが迫ってくる。

由麻は男のテントをハムハムしながら、先端に浮かんだシミに唇を押しつけ、チューチューと吸ってきた。程なくしてペニスの芯がむず痒くなってきて、いても立ってもいられなくなった。

(出ちゃうって……そんなにしたら出ちゃうって……)

由麻が口を離すのがあと十秒遅ければ、実際にそうなっていただろう。

「勇作くん、すごく興奮してるのね。嬉しい。勇作くんが興奮してくれると、由麻もなんだか……興奮してきちゃう」

言いながら、ブリーフをめくりおろした。

ぶうんっ、と唸りをあげて勃起しきった肉茎が反り返り、

「おおおっ……」

勇作は拘束具をはずされたような解放感に身震いした。

「いやあんっ、大きいっ……」

由麻は嬉し恥ずかしという表情で、ふっくらした頬をピンク色に染めた。濡れた瞳を輝かせて、そそり勃《た》つ男根に舐めるような視線を這わせてくる。

勇作はハアハアと息をはずませるばかりだった。家から駅まで全力疾走しても、これほど息がはずんだことはない。ブリーフを脱がされた解放感と、生まれて初めて勃起しきったペニスを異性に見られた恥ずかしさで、頭の中が真っ白になっていく。

「舐めてもいい?」

由麻に訊ねられても、なにを言われているのか意味がわからなかった。そもそもその可愛い顔で、ペニスを舐めるところなど想像できないのだ。

「おいしそうだから舐めさせて。ね？」

言葉を返せない勇作のペニスに、由麻の指がからんでくる。根元を軽く包まれただけで、ビクンビクンと腰が跳ねてしまう。

（おいしそうってなんだよ？　可愛い顔して、チ×ポがおいしそうなのかよおおおおっ……）

胸底で絶叫し、顔をくしゃくしゃにしている勇作を尻目に、

「ぅんあっ……」

由麻はサクランボのような唇を開き、ピンク色に輝く舌を差しだした。鬼の形相で膨張している亀頭《きとう》を、つるつるとなめらかな舌腹で舐めはじめた。

「むうっ！」

勇作は眼を見開いて唸《うな》った。あれほどはずんでいた呼吸が一瞬にしてとまり、体中の神経が亀頭一点だけに集中していった。

5

「ぅんんっ……ぅんんんっ……」

由麻は鼻息を可憐にはずませて、ペニスに舌を這わせている。時に舌を尖《とが》らせてチロチロと、時に吸いつけるようにねっとりと、緩急自在に動きまわり、男の欲望器官に唾液の光沢《こうたく》を纏《まと》わせていく。

（たまらない……たまらないよ……）

勇作は仰向けの体をこわばらせながら、生まれて初めて体験するフェラチオの衝撃に打ち震えていた。

由麻に舐められると、ペニスがソフトクリームのように溶けていきそうだった。自分の手でしごくのとはまったく違う、蕩《とろ》けるような快感があった。けれどもペニスはソフトクリームではないので、舐められるほどに硬くなっていく。ブリーフの締めつけから解放されてなお、息苦しいほど興奮してしまう。

とはいえ……。

いつまでもこのまま、フェラの愉悦に浸っているわけにはいかなかった。

ペニスは舐められるほどに硬くなり、と同時に敏感にもなっていった。とても長くは耐えられそうになかった。由麻の舌使いに緩急があるのでかろうじて救われてはいるものの、ちょっとでも油断すれば男の精を吐きだしてしまいそうだ。できることなら暴発はしたくなかった。

いや、絶対にダメだ。

ここまできたのだから、きっちりと挿入まで体験し、童貞とおさらばせずにはいられない。

「なあ……」

口のまわりを唾液でベトベトにしている由麻に、恐る恐る声をかけた。

「……なあに？」

由麻が舐めるのを中断して顔をあげる。はにかむような笑顔と唾液まみれのペニスとのツーショットに、くらくらしてしまう。

「いや、その、なんというか……」

勇作はしどろもどろに言葉を継いだ。

「俺ばっかりされてるの……そのう……悪いからさ……俺にもさせてよ……由麻ちゃんのこと、気持ちよく……」

「えっ？」

由麻は恥ずかしげに顔をそむけ、

「じゃあ……一緒にする？」

生々しいピンク色に染まった横顔でささやいた。

（一緒？　一緒ってなんだ……）

勇作は一瞬、意味がわからなかったが、返事がないのを由麻は了解と受けとったらしい。体を反転させて、勇作の顔にまたがってきた。いわゆるシックスナインの体勢である。

（うわあっ……）

勇作の眼の前に、白いフルバック・パンティに包まれたヒップが迫った。まったく、可愛い顔をしてどこまでも大胆な娘である。こちらは童貞だと言っているのに、いきなりシックスナインとはいやらしいにもほどがある。

触ってもいいのだろうか？

由麻がしてくれたように、こちらも由麻の大事なところを、舐めたりいじったりしてもいいのか？

ドキドキしながら、眼の前の光景を凝視した。丸々としたヒップの双丘を、純白のフルバック・パンティがぴったりと包んでいる。素材はコットンのようだった。股布のあたりの、くしゅっとした皺《しわ》がいやらしい。

(……んんっ？)

勇作はもう一度息を呑んだ。股布にはいやらしい皺ができているだけではなく、シミが浮かんでいた。縦長をした、女の割れ目を生々しく彷彿《ほうふつ》とさせるシミだった。

つまり由麻も濡らしているのだ。男のテントの先端に恥ずかしいシミを浮かべた勇作同様、興奮しているということらしい。

その事実が、勇作を大胆にした。大胆に振る舞う勇気を与えてくれた。両手を伸ばして尻の双丘をつかむと、その丸みにうっとりしてしまった。柔らかいコットンの生地に包まれた尻肉を、何度も何度も撫でまわした。やがてパンティ越しでは我慢できなくなり、生地の下に両手をすべりこませていった。剝き卵のようにつるつるしている尻丘を夢中になって撫でまわしていると、フルバックの生地がずりあがっていき、Tバックさながらの状態になっていった。

「やんっ……エッチね、勇作くん」

由麻が恥ずかしそうな顔で振り返る。

「そんなに食いこませないで」

「あっ、いやっ……」

勇作は顔をひきつらせた。

「ごめん、痛かったかい？」

「痛くはないけど……」

由麻は眼をそらして頬をピクピクと痙攣《けいれん》させ、

「どっちかっていうと気持ちいいけど……でも、恥ずかしいっていうか……」

「気持ちがいいのか……」

勇作は眼を輝かせてパンティの生地をセンターに搔き寄せ、ひときわしたたかに、ぎゅうっと食いこませた。

「ああんっ！」

由麻が悩ましい声をもらし、その声が勇作の欲情の炎に油を注ぎこんだ。ぎゅっ、ぎゅっ、と食いこませた。フルバックのパンティをほとんど褌《ふんどし》状にして、可愛らしい桃割れを責めたてていく。

「やあんっ、いやいやっ！　食いこませないでっ……恥ずかしいから、食いこませないでえええっ……」

言葉とは裏腹に、由麻は感じているようだった。シックスナインの体勢になっているのに、フェラも忘れてあんあんと声をあげた。丸々とした桃尻をプリプリと振りたてている様《さま》は、もっと食いこませてと訴えているようですらある。

さらに、勇作の鼻先で匂いが揺らいだ。

まるで発酵しすぎたヨーグルトのようなその匂いに、勇作は一瞬、顔をしかめた。生まれて初めて嗅ぐ匂いだったからだ。しかしすぐに、全身の血液がふつふつと沸騰《ふっとう》していくのを感じた。鼻には異臭に感じられても、それは牡の本能をダイレクトに揺さぶる獣の牝のフェロモンだったのだ。

「むううっ！」

勇作はたまらず桃割れに鼻面《はなづら》を突っこんだ。褌状に食いこませたパンティの上から鼻を押しつけ、くんくんと匂いを嗅ぎまわっていく。

（ああっ、これが匂いの源泉だ……）

嗅げば嗅ぐほど、身の底からエネルギーが湧いてくるようだった。衝動のままにパンティをずらしていくと、まず見えたのは、薄紅色のアヌスだ。排泄器官のはずなのに、どこまでも可憐で綺麗なのに驚かされた。さらに生地をずらすと、淫らにくすんだ肌色が現れ、続いて由麻の女の花が咲いた。

（おおおおっ……）

勇作は眼を皿のようにひん剝いた。

アーモンドピンクの花だった。弾力のありそうな花びらが、ぴったりと行儀よく身を寄せあい、縦に一本の筋を浮かべている。勇作が生まれて初めて見た生の女性器は、インターネットで拾った裏画像よりずっと綺麗だった。花びらのまわりに繊毛《せんもう》がまったく生えていないからだ、と気がつくまで数秒を要した。由麻の女の花は、剝きだしの状態だったのだ。

「そんなに見ないで……」

由麻がプリプリと桃尻を振りたてる。

「恥ずかしいから、そんなに……」

震える声でささやくと、フェラチオを再開した。今度は舐めるのではなく、口唇《こうしん》に咥えこんできた。

「むうぅっ……」

敏感な男性器官を生温かい口内粘膜で包みこまれ、勇作はのけぞった。しかし、先ほどまでと違って、一方的に責められるばかりではない。今度はこちらからも手が出せる。

ペニスを舐めしゃぶられる快感に身をよじりつつも、由麻の女の花に指を伸ばしていった。親指と人差し指をあてがい、輪ゴムをひろげるように割れ目をくつろげてやる。

アーモンドピンクの花びらの下から現れたのは、つやつやした薄桃色の粘膜だった。むっとする獣じみた匂いを放って、輝くような色艶《いろつや》を見せつけてくる。涎《よだれ》じみた粘液にまみれ、刺激を求めるようにひくひくと息づいている。

(これが……これが由麻ちゃんの……オ、オマ×コッ……)

頭の中が火がついたようになり、勇作は次の瞬間、獰猛《どうもう》な蛸のように尖らせた唇を、女の割れ目にぴったりと押しつけた。くにゃくにゃした花びらの感触が眼も眩《くら》むほど卑猥で、反射的に舌を差しだしてしまう。卑猥な感触が舌腹全体にひろがっていき、生唾が口内にどっとあふれる。気がつけばぴちゃぴちゃと音をたて、夢中で舐めまわしていた。

「やあんっ……勇作くん、本当に童貞なの？　エッチするの初めてなの？」

由麻がペニスから口を離して振り返る。

「とっても上手よっ……くふぅんっ……由麻、とっても感じちゃうっ……」

眉根を寄せた悩ましい顔で見つめられ、

「むうっ！　むうっ！」

勇作の舌に力がみなぎった。上手《うま》いのか下手《へた》なのか、自分ではよくわからない。しかし、初めて舐めた女性器の味わいは、想像を絶するほど美味だった。ぴちぴちした粘膜はどこまでも新鮮で、舐めれば舐めるほど涎じみた粘液をあふれさせてくる。もっと舐めてと言われているようで、顎《あご》の付け根が痛くなっても口を閉じることができない。

「ああんっ！　いいっ！　いいよ、勇作くんっ……よーし、由麻も負けないからっ……勇作くんのオチ×チン、いっぱい気持ちよくしてあげるからっ……」

由麻が再びペニスを咥《くわ》えこみ、淫らな相舐《あいな》めは熱を帯びていった。

6

「ああんっ、もうダメッ……もう我慢できないっ……」

由麻は切羽つまった声をあげ、シックスナインの体勢を崩した。勇作の体の上からおりてベッドに座り、ハアハアとはずむ息を整えた。

仰向けになっている勇作の呼吸も、限界を超えてはずみきっていた。

（こっちだって……こっちだって、もう我慢できないよ……）

我慢できないどころか、よく射精をこらえきれたものだと思う。

女の割れ目を舐めたてるほどに由麻のフェラチオは熱烈になり、口内で大量に分泌した唾液ごと、じゅるっ、じゅるるっ、としゃぶりあげてきた。ペニスを芯から熱くする痺《しび》れるような快美感が怒濤《どとう》のように押し寄せてきて、いても立ってもいられなくなった。クンニリングスに没頭することで意識を逸らすことができなければ、とっくの昔に彼女の口内で果てていただろう。

「なんだか暑い。汗かいちゃった……」

由麻は言い訳めいた独り言をもらすと、真っ赤なキャミソールを脱ぎ去った。

（おおおっ……）

勇作は眼を見開いて息を呑んだ。

服を着ていても巨乳であることが察せられた胸のふくらみは、遮《さえぎ》るものがなくなるとすさまじい迫力で前方に迫りだし、裾野にもたっぷりとボリュームがあった。

乳首は淡いピンク色だった。乳房の大きさに比べて乳暈《にゅううん》がアンバランスなほど小さく、素肌に溶けこんでしまいそうな透明感をたたえている。

（たまんないよ……）

勇作の眼がギラついていく。あまり凝視するのも失礼かと思ったが、凝視せずにはいられない。

なにを隠そう、勇作は女のパーツの中でおっぱいがいちばん好きなのだ。童貞にありがちな嗜好《しこう》なので、恥ずかしいといえば恥ずかしいけれど、好きなものはしかたがない。

それも、可愛い顔をして巨乳、というのがツボだった。こちらもいかにも童貞らしい発想と馬鹿にされそうだが、そんなことはどうだっていい。

重要なことは、いま眼の前に理想のおっぱいがあるということだった。由麻が可愛い顔を羞じらいで赤く染めながら、上目遣いにうかがってきた。

「大きいおっぱい、好き？」

「あ、ああ……」

勇作は力強くうなずいた。当たり前だと言わんばかりのうなずき方だったので、由麻の表情に少しだけ困惑が浮かぶ。

「わたしはあんまり好きじゃない。おっぱい星人って言うの？　初対面の人がね、顔も見ないでおっぱいばっかりジロジロ眺めてくると、なんだか哀しくなっちゃう……」

「それは……それは失礼な話だな……」

勇作はにわかに眼のやり場に困った。

「でも……それはそいつが悪いんじゃないの？　おっぱいが悪いんじゃなくて、そいつがすけべだから……」

「そうね、変なこと言ってごめんなさい」

由麻は照れくさそうに笑い、

「わたしだって、好きな人には見られたいよ。勇作くんには……いっぱい見てもらいたいよ……」

「そ、そう……」

勇作は小躍りしそうになり、見るだけではなく揉んでもいいかと体を起こしかけたが、できなかった。由麻が、下肢《かし》に残っていた白いパンティを脚から抜いたからである。

（うおおおおーっ！）

勇作は由麻の股間を凝視した。いくらおっぱい好きとはいえ、やはりそちらにも眼を奪われてしまう。

少し、意外だったせいもあった。ヴィーナスの丘にふっさりと生えているはずのものがなかったのだ。完全につるつるではなかったけれど、由麻の草むらは芝生のように綺麗に刈りこまれ、形は小さなハート形。ひと目見ただけで、かなり入念に手入れされていることがうかがえた。

夏場なら、水着から恥毛がはみ出さないようにしているのだろうと納得したかもしれない。しかし、いまは春先。ビキニラインを気にする季節ではないような気もしたけれど、そんな詮索《せんさく》が頭をよぎったのも束の間のことだった。

「わたしが上になってあげるね……」

これが初体験となる勇作を慮《おもんぱか》って、由麻が腰をまたいできたからである。一糸纏《いっしまと》わぬむちむちボディをひらりと躍らせると、薄い陰毛も露《あらわ》にM字開脚を披露して、挿入の体勢を整えた。

（やばいっ……やばいよ、これはっ……）

眼の前にひろがった光景に、勇作の全身は小刻みに震えだした。フェラチオやシックスナインも衝撃の体験には違いなかったが、それをはるかに超える事態がいま、わが身に降りかかろうとしていた。

由麻のM字開脚の中心に、おのが男根が密着していた。

恥毛のガードが手薄なので、正面から割れ目の様子がよく見える。アーモンドピンクの花びらが亀頭にぴったりと吸いつき、奥からあふれてきた粘液で亀頭をぬらぬら濡れ光らせていく。

「いくね……」

由麻は恥ずかしげに長い睫毛《まつげ》を伏せたまま、勇作の腹に両手を置いた。息を呑み、じりっと腰を落としてきた。

（おいおい……なにもそんな……そんないやらしい格好で繋がらなくても、いいじゃないかよおおおおーっ！）

胸底で絶叫する勇作を尻目に、由麻は、じりっ、じりっ、と腰を落としてくる。アーモンドピンクの花びらを巻きこんで、亀頭が割れ目に呑みこまれていく。

「おおおっ……おおおおっ……」

煮えたぎるシチューにイチモツを突っこんだような衝撃に、勇作は首にくっきりと筋を浮かべた。由麻の中は熱かった。熱くてぬるぬるして、想像していたよりずっとやさしい感触がした。

「んんんっ……大きいっ……勇作くんのオチ×チン、大きすぎっ……」

由麻はせつなげに眉根を寄せて悶《もだ》えたが、けっして挿入を焦《あせ》らなかった。大げさではなく、二、三ミリ進んでは、二、三ミリ戻る感じで、女の割れ目を唇のように使って亀頭を舐めしゃぶってきた。肉と肉とを馴染《なじ》ませながら、じわり、じわり、と血管の浮き立つ肉竿を呑みこんでいった。

「んんんっ……んんんんっ……あぁあああああーっ！」

ようやくのことで腰を最後まで落としきると、栗色の髪を振り乱してのけぞった。それでも両脚はＭ字に立てたままだった。由麻のハート形の短い恥毛に、勇作のもじゃもじゃした陰毛がからみついていく。

「ねえ、よく見てっ……」

由麻はハアハアと息をはずませながら見つめてきた。

「入ってるでしょう？　勇作くんの大きなオチ×チン、わたしの中に入ってるでしょう？」

言いながら、ゆっくりと腰をあげて、再び落とす。発情のエキスを浴びて濡れ光るおのが男根が、女の割れ目から出てきては呑みこまれていく生々しい光景が、勇作の眼をしたたかに打ちのめす。

「これでもう、勇作くんは童貞じゃないからね……しっかり見て……これでもう、大人の階段、のぼっちゃったの……あぁあああーっ！」

言葉の途中で由麻はあえぎ、Ｍ字に立てていた両脚を前に倒した。勇作は感動で胸が熱くなっていくのを感じた。由麻がいやらしすぎる体勢で結合したのは、勇作に童貞喪失の瞬間を確かめさせるためだったのだ。初体験の男に対する、やさしい心遣いだったのだ。

いや、それだけが理由ではなかったかもしれない。

「やだっ……感じちゃうっ……繋がってるところに視線感じちゃうっ……ああんっ、いやんっ……熱いようっ！」

「むううっ！」

勇作は再び首にくっきりと筋を浮かべ、のけぞらなければならなかった。由麻が腰を動かしはじめたからである。まるで船を漕ぐように、男根を咥えこんだ股間を前後に揺すり、性器と性器をこすりあわせてきた。

「ああんっ、すごいっ……」

ずちゅっ、ぐちゅっ、と卑猥な肉ずれ音をたてながら、由麻があえぐ。

「ねえ、すごいよっ……勇作くんのオチ×チン、奥まできてるっ……はぁああんっ！　いちばん奥まで、届いてるううううーっ！」

栗色の髪を振り乱して絶叫すると、腰の動きを一足飛びに速めていった。ぬちゃっ、くちゃっ、と粘りつくような音をたてて、股間を前後に動かしては、腰をまわして男根をこねる。

「いいっ！　いいっ！　ねえ、いい？　勇作くん、いい？　わたし、おかしくなっちゃってもいい？　はぁあああああっ……」

腰を振りたてるたびに、由麻の可憐な童顔はだらしなく弛緩《しかん》し、欲情に蕩けきっていった。眉間《みけん》の皺をどこまでも深め、ぎりぎりまで細めた眼を潤ませ、閉じることのできなくなった唇から、絶え間なく桃色吐息をはずませる。

（これが……これがセックスか……）

勇作は全身をピーンと硬直させたまま、ほとんど呆然《ぼうぜん》としていた。生まれて初めて味わう蜜壺の感触に感動するとともに、淫らに蕩けた由麻の童顔と、いやらしすぎる腰使いに視線を釘づけにされてしまう。

いや……。

もちろん、表情や腰使いからも眼を離せなかったが、もっと気になるところが別にあった。由麻が腰を振りたてるたびに、タップン、タップン、と揺れている巨乳である。激しく上下に揺れながら、たっぷりした裾野を歓喜でプルプルさせている乳肉に触れてみたくて、いても立ってもいられなくなってくる。

（でも、由麻ちゃん、おっぱい星人が嫌いだって言ってたよな……どうすればいい？　どうすれば自然におっぱいを揉める？）

勇作は愉悦の海に溺れながら、懸命に知恵を絞った。事態は一刻を争っている。生まれて初めて味わう蜜壺の感触が気持ちよすぎて、すぐにでも射精に達してしまいそうだった。しかし、その射精をより気持ちよく、より最高のものにするためには、どうしてもおっぱいを揉む必要がある。童貞を捨てた記念すべきファーストセックスであればこそ、おっぱいを揉みながら射精に至りたい。相手が貧乳ならともかく、これほどの理想の巨乳の持ち主なのだから……。

「ぬおおおおおーっ！」

勇作は雄叫《おたけ》びをあげて上体を起こした。由麻が驚いて眼を見開いたけれど、かまわず腰を抱きしめていく。

「好きだよ、由麻ちゃんっ！　由麻ちゃんみたいに素敵な子に童貞を捧げられて、俺、最高の気分だよっ！」

「やあんっ、由麻もっ！　由麻もよっ！　勇作くんの最初の女になれて、嬉しいよおおおっ……」

由麻はクイッ、クイッ、と股間をしゃくりながら、勇作の首に両手をまわしてきた。計算どおりだった。由麻は腰の上に乗っているから、身長差を超えて勇作より高いところに顔がある。つまり、向こうから抱きしめられれば、自然とこちらの顔が巨乳に沈みこむという寸法だった。

「むぐうっ！」

たっぷりした胸の谷間に顔を挟まれ、勇作は息ができなくなった。望むところだった。由麻の乳房は予想どおり感触も最高で、巨大なゴム鞠《まり》のように丸々と張りつめていた。はずみ具合も悩ましく、たまらない弾力に満ちていた。この乳房に埋もれて窒息できるのなら、わが人生に悔いなしだ。

「ああんっ、いいっ！　いいっ！」

由麻が腰を振りたてる。いや、全身で動いているから、ただ由麻を抱きしめているだけで、振動に波打つ巨乳の感触が余すことなく顔に伝わってくる。むちむちの乳肉が次第に汗ばみ、卑猥《ひわい》にぬめっていく。肉の海に溺れているような、たとえようもない幸福感が、全身を熱く燃えあがらせていく。

「おおおっ……たまらないっ……たまらないよっ……」

できることなら、いつまでもこうしていたかった。

しかし初体験では、それは無理な相談だろう。

「ああんっ！　いいっ！　いいよおおおっ……」

由麻の腰の振りたては激しくなっていくばかりで、ペニスが受けとめられる快感の質量の限界を超えていた。ずちゅっ、ぐちゅっ、と汁気の多い音とともに肉竿がこすれるたびに、痺れるような快美感が腰の裏まで響いてくる。

体中の血液が興奮して沸騰していった。

ペニスの芯がむず痒く疼きだし、全身が地震に見舞われたようにガクガクと震えだした。

「もうっ……もうダメッ……もうダメだあああっ……」

勇作は由麻にしがみついて声をあげた。

「もう出るっ……出ちゃうっ……」

「ああんっ、出してっ！」

由麻が叫ぶ。

「たくさん出してっ！　由麻の中でたくさんっ……」

「もう出るっ……出るっ……おおおおおおおっ！」

勇作は火が出そうなほど真っ赤になった顔を、汗ばむ巨乳にむぎゅっと沈めこんだ。それがひきがねとなった。次の瞬間、下半身で爆発が起こり、煮えたぎる欲望のエキスが、ドピュッと勢いよく噴射した。限界を超えて硬くなったペニスが、ドクンッ、ドクンッ、と男の精を吐きだしながら暴れだした。

「はぁあああーっ！　はぁああああああーっ！」

体の中で爆発を感じ、由麻の動きも激しくなる。体だけではなく、蜜壺がしたたかに収縮して、男の精を吸いだしにかかる。

「おおおっ……おおおおっ……」

勇作は身をよじりながら長々と射精を続けた。発作のたびに、電気ショックのような快美感が股間から脳天まで走り抜けていった。オナニーではついぞ味わったことのない現象だった。あまりの快感に脳味噌がついていけなくなってしまったのだろう。最後の一滴を漏らしおえると、勇作は巨乳に抱かれたまま、すうっと意識を失ってしまった。

第二章　磨いてあげる

1

「それじゃあ、行ってくるね」

由麻が玄関でバッグを肩にかけて言った。

「帰りは？」

見送る勇作は笑顔で訊ねた。

「うん……今日はちょっと遅いと思うけど、終電までには帰ってくる。帰ってきたら、一緒にお風呂に入りましょう。じゃあね、行ってきまーすっ！」

ミニスカートを翻《ひるがえ》して元気に飛びだしていく由麻の後ろ姿を、勇作はまぶしげに眼を細めて見送った。

外は風薫る五月――。

勇作が由麻に童貞を捧げてから、ひと月ほどが過ぎようとしていた。

あれから由麻は、毎晩ここに泊まっている。一緒に住んでいるのだ。荷物が多いという理由で、由麻はまだ前のアパートを解約していないけれど、ここから出かけていってここに帰ってきているから、同棲していると言ってもいいだろう。

（同棲か……）

　ふたつ並んだ揃いのマグカップや、色違いの歯ブラシを見るほどに、勇作の頬はニヤニヤと緩《ゆる》んだ。

　ほんのひと月前、人生は絶望で塗りつぶされていた。自転車事故の後遺症で外出恐怖症になり、奇跡の快挙と言われた一流企業の内定は取り消し。ワンルームの自宅から一歩も出られない引きこもり生活を余儀なくされ、籠に閉じこめられた小鳥になったような恐怖すら覚えていたものである。

　しかし、いまは違う。引きこもり生活はまだ続いているが、由麻がいる。彼女のような可愛い女の子と毎日一緒に食事をし、一緒に風呂に入り、狭いベッドで抱きあいながら眠りについているのである。

　事故に遭う前の、女とは無縁の生活を送っていたころから考えれば、夢のような毎日だった。いっそ事故に遭ったことに感謝したいくらいで、由麻さえいてくれれば、一生この部屋から出られなくてもいいとさえ思ってしまう。

ただ……。

由麻は謎の多い女の子だった。

プライヴェートな質問にはほとんど答えてくれず、一度だけしつこく訊ねたことがあるが、「こうやって一緒に住んでいるのに、これ以上わたしのなにを知りたいの？」と哀しげな眼つきで言われてしまい、彼女に嫌われることを恐れた勇作は、それ以上なにも訊けなくなった。

それにしても、謎が多いことには変わりがない。

最大の疑問は職業だった。

アパレル関係で働いていると言っていたので、セレクトショップの店員かなにかだろうと思っていたのだが、妙にお金をもっているのだ。

「勇作くんは働けないんだから、わたしにまかせて」と生活費もこの部屋の家賃も払ってくれている。ブランド肉をはじめ、勇作が自分ではけっして買わない高級食材ばかり買ってくるし、たまには服までプレゼントしてくれる。それはありがたいのだが、彼女はこの部屋とは別に元のアパートの家賃も払っているのだ。

普通、二十二歳の洋服屋の店員が、そんなに稼ぎがいいものだろうか？

しかも、出勤時間がまちまちだった。シフト制だと本人は言うけれど、始発に近いような早朝から出かけていったり、夜中の三時に帰ってきたり、そうかと思えば三日も休みが続くことがある。二十四時間営業の洋服屋もなくはないだろうが、やはりなんだかおかしい。

（まあ、考えてもしかたがないよな……）

勇作はベッドに寝転んだ。枕に由麻の匂いが残っていた。その匂いが、よけいなことを考えるなと言っていた。よけいな詮索をして、彼女の正体がわかったところで、いいことはなにもなさそうだと本能で気づいていた。

そんなことより、この幸せな毎日を、一日でも長く続けることのほうがずっと重要だった。いささかずるく、卑怯な考え方かもしれないけれど、いまの生活はいずれ終わるモラトリアム期間なのである。外出恐怖症が治ってしまえば、彼女との関係も変わらざるを得ない。そうであるなら、いまはただ一心に、由麻のやさしさと体に溺れて過ごしていたかった。

ピンポーン！

玄関の呼び鈴が鳴った。

珍しいこともあるものだ、と思いながら勇作は体を起こした。平日の昼間にいきなり訪ねてくる友達などいないので、セールスの類《たぐい》だろうか？　見知らぬ顔なら居留守を使おうと抜き足差し足で玄関に向かい、ドアスコープをのぞきこむと、女が立っていた。

心当たりのない女だった。

といっても、つばの広い帽子を被り、サングラスをかけていたので、人相はわからない。ただ、ひと目で高級ブランドものだとわかる白いスーツを身に纏《まと》い、首元や指にジュエリーを光らせている姿から、セレブの匂いが漂ってきた。社会人になり損ねた勇作に、セレブの知りあいなどいるわけがなかった。

「町田さん、いらっしゃいませんか?」

ドア越しに女が言い、

「は、はい……」

勇作が思わず返事をしてしまったのは、女の声が美しかったからだ。ハープを奏《かな》でるような、透きとおった高い声をしていた。しかし、失敗した。これでもう、居留守は使えなくなってしまった。

「なんのご用でしょうか?」

ドア越しに訊ねると、

「ちょっと開けてくれません? マナミ・ユマの件で話があるの」

「マナミ……？」

名字に聞き覚えはなかったが、名前はたしかにユマと言った。ユマとは、あの由麻だろうか？

（まずいぞ……）

勇作の胸はにわかにざわめいた。彼女はもしかしたら、由麻の母親ではないだろうか？　嫁入り前に同棲なんて、娘を疵《きず》ものにするつもりなのかと、怒鳴りこんできたのかもしれない。

しかし、母親にしては若く見える。帽子とサングラスでよくわからないが、まだ三十代前半か、いっても半ばくらいだろう。それでは姉か？　あり得ないとまでは言えないが、二十二歳の由麻の姉にしては年が離れすぎている気がする。

「早く開けなさい」

女は苛立《いらだ》たしげにノックをし、

「由麻がここに住んでいることはわかってるのよ。いま仕事で出ていることもね。穏やかに話しあうつもりで来たんだけど、開けないと面倒なことになるかもしれないわよ」

「いや、その……」

勇作は心臓がキューッと縮みあがっていくのを感じた。

声そのものは美しくても、彼女の口調は、ある種の威圧感を孕《はら》んでいた。もしかしたら堅気《かたぎ》の人間ではないかもしれないと思わせるものがあり、勇作は震えあがってドアを開けた。どんな用件であれ、穏やかな話しあいですませてもらえるなら、それに越したことはなかった。

2

女は美人だった。

帽子とサングラスの下から現れたのは、ハーフのように眼鼻立ちのくっきりした彫りの深い美貌《びぼう》で、切れ長の麗《うるわ》しい眼が印象的だった。年はやはり三十半ばくらいだろうか。素顔になるとセレブなムードがさらに前面に出て、美しい顔はもちろん、首元や指をキラキラと飾っているジュエリーから、長いウエイブヘア、凹凸のくっきりしたスタイルのよさまで、すべてがゴージャスとしか言いようがなかった。白いスーツと相俟《あいま》って、まるで殺風景な部屋に大輪の白い薔薇《ばら》が咲き誇ったようだった。

(なんだか、見覚えのある顔だな……)

勇作は横眼で様子をうかがった。記憶にあるようなないような、そんな気がしなくもないが、どうしても思いだせない。

女はアンニュイが滲《にじ》む表情でゆるりと部屋を見渡すと、

「ここに座ればいいの？」

と微笑をひきつらせて足元を指差した。

「はあ……そうですが……」

勇作の部屋には、椅子のあるテーブルセットもソファもなかった。食事は絨毯の上に座り、ガラスのローテーブルでとっている。座布団もないと伝えると、女はやれやれという表情で眉をひそめながら、絨毯に横座りになった。高価そうな白いスーツを汚してしまわないか心配になったのだろう。

「どうぞ、あなたも座って」

立ちすくんだままの勇作を見上げて女は言うと、

「わたしはこういう者です」

バッグから名刺を取りだし、テーブルに置いた。『渡瀬貴子《わたせたかこ》』と名前が記されていた。肩書きは『オフィスＴＡＫＡ《タカ》　代表取締役社長』である。

「オフィスＴＡＫＡ……」

絨毯に正座した勇作が名刺を見つめると、

「うちの会社はね、平たくいうとモデル事務所……」

貴子は先まわりしてしゃべりだした。せっかちな性格のようだった。

「小さな事務所だから、わたしも現場をやってるわ。いちおう社長なんて肩書きがついてるけど、零細企業の哀しさね、社長兼マネージャーとして馬車馬のように働いている。わかったかしら?」

「はあ……」

勇作は曖昧《あいまい》に首をかしげた。言葉の意味はわかったが、なぜモデル事務所の社長が、こんなところにやってきたのだろう?

「……まさか、知らないってことはないわよね? 由麻の仕事を……」

貴子に顔をのぞきこまれ、

「いえ、はっきりとは……」

勇作はこわばった顔を左右に振った。

「そう……」

貴子はまいったなというふうに溜息《ためいき》をつき、

「彼女はモデルよ。グラビアモデル。うちの事務所に所属してるの」

「えぇっ？」

勇作は仰天してのけぞった。

「いま、初めて……聞きましたけど……」

たしかにモデルになってもおかしくないルックスをしているけれど、そんな話はひと言も聞いていなかった。モデルといえば人に自慢してもいい職業のはずなのに、由麻はなぜ隠していたのだろう。

貴子は苦笑し、

「一部ではけっこう人気あるんだけどなあ。アキバで握手会やったりしたら、長蛇の列ができるくらい。まだテレビなんかには出てないけど……あなた、グラビア雑誌とか見ないの？」

「はあ、あんまり……」

「珍しいわね、若い男の子が」

「べつに嫌いってわけじゃないですけど……」

勇作はしどろもどろに答えた。たしかに以前は熱心な読者だったが、最近は努《つと》めて見ないようにしていた。

悔《くや》しかったからだ。アイドル顔負けの可愛い女の子がカメラの前で水着になり、悩ましいポーズで胸の谷間やヒップのラインを見せつけているのに、自分にはガールフレンドひとりできない。そんなおのれの不甲斐ない境遇を思い知らされ、哀しくなってしまうからだ。

「じゃあ、見せてあげる」

貴子はバッグから雑誌を取りだし、ガラスのテーブルにひろげた。

勇作は後頭部を鈍器で殴られたような衝撃を覚えた。

あの由麻が真っ赤な三角ビキニを着けて、まぶしい笑顔を浮かべていた。場所は南国のリゾートビーチらしい。青い空と、白い砂浜。そこに躍る「元気っ娘、愛実《まなみ》由麻——もぎたてボディ、ギリギリ限界露出」というキャッチコピー。

嫌な予感に怯《おび》えながら、ページをめくった。

キャッチコピーに嘘偽りなく、ふたつの胸のふくらみと股間にあてられた三角形の布が、ページをめくるごとにどんどん小さくなっていった。

尋常ではなかった。最終的にはかろうじて乳首と恥毛が隠されているといった有様になり、乳房の輪郭が完全に丸わかりだった。後ろを向けばTバックが桃割れに食いこんで尻の双丘が丸見え。そんな格好で四つん這いになって食いこんだ紐状の布を見せたり、M字開脚を披露してヴィーナスの丘の形状を露にしたりしている。

（これは……これは要するに……）

グラビアの中でももっとも過激な「着《ちゃく》エロ」というものではないか。乳首と恥毛だけをかろうじて隠しているだけで、ただ男の劣情を煽るためのヌードと同じ……いや、恥部の隠し方がきわどく、ポーズがサービス過剰なぶん、単なるヌードよりいやらしいとさえ言ってもいい。

（ああっ、由麻ちゃん……俺の由麻ちゃんがこんなことをしてたなんて……）

勇作は思わず雑誌のページを閉じてしまった。

激しいショックを受けると同時に、すべての謎が氷解していく。由麻が素性を説明したがらなかったのも、不規則な時間に仕事に出ていくのも、若いくせに妙にお金をもっているのも、すべては彼女が着エロ・モデルだったからなのだ。

水着を着る季節でもないのに、やけに手入れが行き届いたビキニラインは、間違いなくこの仕事のためだろう。ついでに言えば、「お店で売れ残ったから、安く買っちゃった」と持ち帰ってくる服が、スケスケのキャミソールだったり、ガーターベルト付きのセクシーランジェリーだったりしたのは、グラビア撮影で使用したものを買いとっていたに違いない。

「わたしが由麻を六本木の雑踏で見つけたのは、二年前になるかしら……」

貴子は遠い眼をすると、問わず語りに話しはじめた。

「当時彼女はアイスクリーム屋さんでアルバイトをしていてね、あんまり可愛いからスカウトしたわけ。歌も踊りも演技もてんでダメだったけど、男好きするスタイルをしているからグラビアにははまったわ。ちょっと明るくて健康的すぎるのが玉に瑕《きず》だけど、可愛い顔して好奇心が旺盛だから、どんな撮影でも嫌がらないし、健気《けなげ》で本当にいい子なの……」

携帯電話を操作して、インターネットに繋げた。雑誌を閉じてしまった勇作の手に、ブログの画面を出して渡してきた。

『着エロ・アイドル　由麻ちんの部屋』と銘打たれたブログだった。「今日も元気にグラビア撮影でーす。今日の水着はナニコレ？　って驚くほど小さくて、ものすごく食いこんで泣きそうになりましたあ……テヘッ」という頭がくらくらするような文章が並んでいた。

「わかってるの、あなた？」

貴子は勇作の手から携帯を奪い返すと、眉をひそめて睨《にら》んできた。

「由麻はいちおう芸能人なのよ。人気はまだまだだけど、これからブレイクしようっていうアイドル予備軍なの。それなのに、こんなところで同棲なんて始めちゃって、あの子の将来を潰す気かしら？」

「いや、あの……」

勇作はひきつった顔を左右に振った。

「そんなつもりは全然……だって僕、彼女がグラビアモデルだなんて、いま初めて知ったんですから……ええ、たったいま知って、びっくりしているんですから……」

動揺が勇作を饒舌《じょうぜつ》にした。気がつけば由麻との出会いから同棲までの顚末《てんまつ》を、一から十まで話していた。ただ、自転車事故が起こったとき、由麻の「わたしにつかまってっ！」という声に応えられなかったことだけは省略させてもらった。自分でもいささか卑怯だと思ったけれど、こちらに過失はなく、由麻のせいで外出恐怖症の引きこもりになったことを強調する言い方になってしまった。

「……なるほど、そういう事情だったの」

貴子は深い溜息をついた。

「まったく、あの子もなにを考えてるのかしら。体が資本の仕事をしてるのに、自転車のふたり乗りで坂をおりていくなんて……怪我でもしたらどうするつもりなのよ……」

「いやあ、まったくです。外出恐怖症になったのが僕のほうでよかったですよ、ハハハッ……」

勇作が照れ隠しに笑うと、貴子は鼻白んだ顔になり、

「あなたもあなたでしょ。いくら急いでたからって、女の子の後ろに乗せてもらうなんて最低じゃないの。男だったら、せめて運転を代わりなさい」

「……すみません」

勇作はがっくりとうなだれた。まったく彼女の言うとおりだった。

「しかしまあ、思ったよりも悪い状況じゃなさそうね……」

貴子は気を取り直した顔でウエイブヘアをかきあげ、

「実はあの子、最近妙に仕事にやる気を見せるようになってるのよ。どうもお金を稼ぎたいみたいで……わたしだって伊達《だて》にモデル事務所の社長をやってるわけじゃないから、ピンときたわ。悪い虫がついたんじゃないかってね。おかしな男に貢《みつ》がされて、稼いだお金を巻きあげられてるんじゃないかって……でも、まあ、そうじゃなくてよかった……あなたがこの部屋から出られないんじゃ、人に見られる心配もないしね。いまは人目につくと、ネットの掲示板にすぐ書かれち

ゃうから……」

「はあ、たしかに……」

曖昧《あいまい》にうなずく勇作に、

「ところでね……」

貴子が意味ありげな視線を向けてきた。

「ここから先はビジネスの話になっちゃうけど、いいかしら？」

「ええ、はい……」

勇作は身構えた。事の次第を話したことで貴子の態度は軟化したようだったが、だからといって安心はできない。彼女にとって由麻はあくまで大切な商品。それを傷つけられたくなくて、わざわざこの部屋まで足を運んできたのである。

「さっきもちょっと言ったけど……」

貴子はテーブルの上でグラビア雑誌をあらためてひろげ、

「由麻は顔は可愛いし、スタイルも抜群だけど、グラビアをやるにはちょっと健康的すぎるのよね。だから、イマイチ人気がブレイクしてくれなくって……ほら、ちょっとこれ見て」

ページをめくり、雑誌を勇作のほうに向けてくる。由麻が四つん這いになり、尻の桃割れに食いこんだTバックを見せつけている煽情的な写真だ。

「わかる? こんなにエッチなポーズをとってるのに、表情がちっともセクシーじゃないでしょ」

「はあ、たしかに……」

勇作はうなずいた。由麻は四つん這いで生尻を突きだしているくせに、罪のない感じでにっこりと笑顔を浮かべている。

「こんなことじゃ、おじさま御用達《ごようたし》の週刊誌のグラビアは飾れないのよ。いちばんギャラのいい仕事がとれないの。わかるでしょ? 色気が足りないのよ、色気が。全然っ!」

貴子は興奮して声を震わせ、苛立たしげにガラスのテーブルを指で叩いた。真っ赤なマニキュアと金銀のリングで飾られた彼女の指からは、ある意味で、由麻のグラビアよりずっと濃厚な色香が漂ってきた。

「ねえ、あなたもそう思うでしょ? 由麻に色気が足りないって……」

「はあ……」

勇作はどう答えていいかわからなくなり、困った顔でうつむいた。貴子が手を伸ばしてくる。真っ赤なマニキュアが塗られた指が顎《あご》の下に差しこまれ、強引に顔をあげさせられてしまう。

「はあ、じゃないのよ」

貴子は唸るような低い声を出し、膝立ちになって上から睨みつけてきた。顔立ちが美形なだけに怒った顔は夜叉《やしゃ》のように恐ろしく、

「す、すいません……」

勇作は震えあがって謝らなければならなかった。

「あなた、一緒に住んでるんだから、由麻のこと毎晩抱いてるのよね？」

「えっ……」

露骨な質問に戸惑い、真っ赤になって顔をそむけると、

「いいのよ、抱いたって。それどころか、もっと抱きなさいって言いたいのよ。いい？　女の色気はセックスで磨かれるの。あなたが抱けば抱くほど、感じさせれば感じさせるほど、セクシーに、エロティックに輝いていくのよ……わかってるの、あなた？」

「ううぅっ……」

顎の下にあった貴子の指が双頬をぎゅっとつかみ、顔の位置を正面に戻されてしまう。

勇作はほとんど呆然としていた。

芸能界とは、なんと恐ろしいところなのだろうか。所属事務所の女社長が同棲現場に踏みこんできて、うちのモデルに手を出すなというのならまだわかるが、色気を出すためにもっと抱けと説教をされるなんて……。

「言ってごらん」

貴子は切れ長の麗しい眼を、淫靡《いんび》に輝かせた。

「どんなふうに由麻を抱いてるのか言ってごらん。わたし、こう見えてセックスの場数は踏んでるほうだし、あなたのやり方がどんなもんなのかカウンセリングしてあげる。由麻がどんどんセクシーになっていく抱き方を教えてあげるから、いまどうやってあの子を可愛がってるか、全部話してごらんなさい」

「ぐ、ぐぐぐっ……」

話してごらんと言いつつも、貴子が双頬をぐいぐいと締めあげてくるから、勇作は視線を泳がすことしかできない。

はっきり言って怖かった。

大輪の白い薔薇《ばら》を彷彿《ほうふつ》とさせる美しい容姿をしているくせに、貴子が醸《かも》しだす迫力は、暗黒街の強面《こわもて》のそれに限りなく近かった。

3

勇作の長い話を聞きおえた貴子は、ふうっとひとつ溜息をつき、

「喉が渇いたわね。なにか飲み物をいただける？　お酒がいいけど。ウイスキーとかブランデーとか、なるべく強いお酒……」

眉間に深い皺を寄せてつぶやいた。

まだ昼前なのに、と勇作は啞然としたが、

「お酒は……缶ビールしかありませんけど……」

おずおずと答えると、

「じゃあ、それでいいから早くもってきて」

怒りも露《あらわ》に睨みつけられた。

（なんでだ……なんで怒ってるんだ……）

勇作は冷蔵庫に向かいながら、パニックに陥《おちい》ってしまいそうだった。話せというから由麻との性生活をなるべく克明に、すべて正直に話したのに、どうして怒りを買わねばならないのだろう。

貴子はグラスに注いだビールを半分ほど一気に呑むと、

「つまり、こういうことかしら？」

　冴えた頬を赤く上気させて言葉を継いだ。

「あなたは由麻に服を脱がせてもらって、愛撫してもらって、騎乗位《きじょうい》で腰使ってもらって……マグロみたいに寝てるだけだと？」

「ええ、まあ……要約すると、そんな感じでしょうか……」

勇作は照れくささで顔をそむけながら答えた。

「でも、たまには対面座位にもなりますけどね、ええ……」

彼女に童貞を捧げて以来、由麻の帰りが遅い日以外はほとんど毎日セックスしていた。流れはいつも一緒だった。由麻のリードにまかせ、童貞を奪われたときと同じことを繰り返している。

「あなたそれでも男なの？」

貴子は酸っぱいものでも口にしたような顔をした。

「ああっ、やだやだ。最近の若い男の子は草食系男子が多いなんて言われてるけど、あれは本当だったのね」

「いえ、その……僕は草食系男子じゃありません。由麻ちゃんが言ってました」

勇作は恐る恐る反論した。

「だって、性欲がありますから。全然モリモリですから。毎日のように由麻ちゃんとしてますし……」

由麻がいないひとりのとき、こっそりオナニーまでしているのは秘密だ。

貴子は険《けわ》しい表情のまま罵倒《ばとう》を続けた。

「あのね、性欲モリモリとかそんなことはどうだっていいの。なんていうのかなあ、男ならさ、女の体を開発してやろうとか、自分のテクでひいひいよがり泣かせてやろうとか、そういう情熱をもつべきじゃない？　それがなに？　由麻にばっかり奉仕させて、それじゃあ由麻が可哀相すぎるわよ。いくらセックスしたって女の磨きようがないもの。自分が消耗《しょうもう》していくばっかりで、色気なんて出てきっこないわよ」

「……そうでしょうか？」

勇作は身をすくめ、卑屈な上目遣いで貴子を見た。

「でも僕……さっき説明したとおり、ついこの間まで童貞だったわけで……どうやったらいいかわからないっていうか……」

「ああっ、もうじれったい」

貴子はグラスに残ったビールを一気に喉に流しこむと、立ちあがって勇作の腕を取った。

「な、なんですか……」

立ちあがらされた勇作は、焦《あせ》った声をあげた。貴子はすらりと背が高く、眼の位置が勇作とあまり変わらなかった。睨まれると、すさまじい威圧感だった。

「わからないなら、教えてあげるわよ」

「えっ……」

「わたしが女の悦《よろこ》ばせ方を教えてあげる。さあ、抱いて。わたしは由麻みたいにリードしてあげないから、好きなように抱いてごらんなさい」

息がかかる距離まで顔を近づけられ、

「いや、あの……」

勇作はのけぞったが、腕をつかまれているので後退《あとずさ》ることもできない。貴子の表情はどこまでも真剣で、冗談を言っている様子はなかった。本気で勇作のセックステクを向上させ、所属モデルの色香を開花させようとしているらしい。芸能界というのは本当に恐ろしいところである。

(無理だ……そんなの無理だ……)

勇作は額に冷や汗を浮かべて、何度も首を横に振った。

べつに浮気をしては由麻に悪いと思ったからではない。所属事務所の社長兼マネージャーが体を張ってまで由麻の女を磨きたいというのなら、協力するのはやぶさかではない。

しかし、相手が貴子では身がすくんでしまい、とてもじゃないが押し倒せそうもなかった。貴子は美人と呼ぶのに躊躇《ためら》う必要がない容姿をしていたが、まるで獰猛《どうもう》な女豹のようなのだ。年の差がそう感じさせるのかもしれないけれど、指一本触れてはいけないような大人の女のオーラがある。

（無理だ……いくら草食系男子となじられても、俺にこの人を抱くなんて無理に決まってる……）

震えあがっている勇作に、貴子が身を寄せてきた。

「そんなに緊張しないで……」

彫りの深い美貌からすっと緊張がとけ、妖《あや》しく蕩《とろ》けていく。

「ちょっとキツく言いすぎちゃったけど、痛いことしようっていうんじゃないでしょ？　気持ちのいいことしようって言ってるのよ」

まぶしげに細めた眼がねっとりと潤み、白いスーツに包まれた体からにわかに濃密な女のフェロモンが匂いたった。顔立ちはそのままなのに、女優が舞台にあがって別人格になってしまったように、いやらしすぎる雰囲気になっていく。

「ああっ！」

勇作は声をあげた。彼女に見覚えがあるような気がしていた理由が、ようやくわかった。

「あの、渡瀬さんって……もしかして、あのフローレンス貴子《たかこ》じゃ……」

フローレンス貴子とは、七、八年前に人気のあったAV女優である。毅然《きぜん》とした美人なのに淫乱、というギャップが売りで、「潮噴き貴子」の異名をとった。

当時中高生だった勇作も、インターネット上にある無料動画で彼女の作品をよく見ては、オナニーに耽《ふけ》っていたものだ。とくに聡明な女秘書に扮して、悪徳社長にオフィスで犯されまくる作品では、抜いて抜いて抜きまくった。

とはいえ……。

いくら思いだしたといっても、AV女優である。カメラの前で裸になり、セックスをしていたのである。言ってから失礼だったかもしれないと思い直し、勇作は青ざめたが、

「あら、わたしのこと知ってたの？」

貴子は楽しげに笑った。この部屋に入ってきてから彼女が見せた、もっとも親

和的な笑顔だった。

「それなら話が早いわ。あなた、見たんでしょ？　わたしが男に抱かれるとどうなるか、見ながらオナニーしてたんでしょ？」

甘い吐息をふっと鼻先に吹きかけられ、

「ううう っ……」

勇作の体はぶるぶると震えだした。恐怖の震えでも、緊張の震えでもなく、興奮によって震えだしたのである。

彼女が出演したAVのシーンが、脳裏に蘇《よみがえ》ってきたからだった。彼女のよがりっぷりは、他のAV女優のようにわざとらしいところがまったくなく、本気で感じ、本気でよがっているようにしか見えなかった。可愛い由麻のラブリーなセックスとはまったく違って、ただ貪欲《どんよく》に肉の悦びだけを追い求めるその姿は、まさしく獣の牝、いや淫獣と言ってもいいくらいだった。

あの彼女とするセックスは、どれほどの刺激に満ちているのだろう？

どれほどの快感と、愉悦に溺れることができるのだろう？

勇作はズボンの下で勃起しきったペニスがずきずきと疼《うず》くのを感じながら、

「ほ、本当に……本当にいいんですか？　やらせてくれるんですか？」

声を震わせて訊ねてしまった。

「いいわよ……」

貴子は満足げにうなずいた。

「べつに、ただやらせてあげるだけじゃないから。由麻はわたしにとって、とっても大事な商品なの。どうせ同棲してるのなら、あなたに女を磨いてもらいたいの。そのためのスキルを教えてあげる。ふふっ、その気になったら早くしてよ……わたし、オマ×コが濡れてきちゃったじゃない……」

キスを求めるように半開きで差しだされた唇と、そこから放たれた淫らな四文字が、勇作の思考回路をショートさせ、頭の中に火をつけた。

「……ぅんんっ！」

勇作は貴子を抱擁し、自分から唇を重ねた。由麻にすら見せたことのない積極的な態度でぬるりと舌を差しだし、貴子の唇を舐めまわした。貴子もすぐに口を開いて、ネチャネチャと舌をからめてくる。

(ああっ、夢みたいだっ……あのフローレンス貴子にセックス指南をしてもらえるなんて、こんな幸運があってもいいものなのか……)

勇作はむさぼるように貴子の口を吸いたてながら、選ばれし者の恍惚と不安でいまにも気が遠くなってしまいそうだった。

4

「……それじゃあベッドに行きましょう」

貴子は長々と続いたディープキスを中断すると、眼の下をねっとりと赤く染めた顔でささやいた。

「あなた、先に裸になって待ってなさい。わたしも服を脱いでベッドに行くから……」

「えっ？　でも……」

興奮しきった勇作は、抱擁をとくことができなかった。どうせセックス指南をしてもらえるのなら、この手で服を脱がすところから始めたいという顔で貴子を見ると、

「ごめんね。このスーツ高いのよ。汚したり、皺をつけたりしたくないの。下着は脱がせてもらうから、おとなしくベッドで待ってて」

「……はい」

勇作はしかたなくうなずき、貴子から手を離した。ベッドに行くといっても、

ワンルームなので眼と鼻の先だった。その場で貴子に背中を向けて服を脱ぎ、ブリーフ一枚になった。背後からも服を脱ぐ衣《きぬ》ずれ音が聞こえてくる。ドキドキしながらチラリと後ろを振り返った勇作は、

（うおおおおーっ！）

胸底で叫び声をあげてしまった。

白いスーツの下から現れたのは、悩殺的な黒いランジェリーだった。豊満な乳房をハーフカップ・ブラが重そうに支え、股間にはレースのハイレグがぴっちりと食いこんでいる。そして腰にはガーターベルト。太腿を飾る花柄も妖しいセパレート式のストッキングを、黒いストラップで吊っている。

（エロいっ！　エロすぎるだろ、それは……）

元人気AV女優の面目躍如と言ったところか。ガーターストッキングなら由麻も何度か着けていたが、漂う色香が比べものにならなかった。蛍光灯が白々と点る殺風景な部屋の中でさえ、貴子が着けていると単なる下着ではなく、セックスを盛りあげるためのコスチューム以外には見えない。

スタイルが抜群だからだろう。全体的にはスレンダーなのに、胸と尻にはしっかりと肉がつき、凹凸がひどくくっきりしている。おまけに色が白いから、黒い

ランジェリーとのコントラストがどこまでも鮮明だ。

「それじゃあ、始めましょうか」

貴子は蛍光灯を消して、ベッドに横たわった。灯りを消しても、まだ昼間なので窓から光が射しこみ、室内は充分に明るい。

「とりあえず、わたしはなにもしないから。あなた、好きなようにわたしを愛撫してごらんなさい……」

「……はい」

勇作は息を呑んでうなずき、ベッドにあがっていった。妖しすぎる黒いランジェリーに飾られた垂涎《すいぜん》の女体に、身を寄せていった。

素肌の色が驚くほど白かった。由麻も白いが、二十二歳の素肌はミルクを溶かしこんだような色なのに対し、三十半ばの美熟女の素肌は、上薬《うわぐすり》をたっぷり塗った白磁《はくじ》のような透明感がある。

「……ちょっと、なにしてるの？」

勇作が抱擁しながら背中に手をまわすと、貴子がふっと苦笑した。

「なにって……ブラをはずそうと……」

勇作はしどろもどろに答えると、貴子は首を横に振り、

「ダメ、ダメ。ブラを取るのはまだ早いでしょ。ランジェリーの上から、まだなんにも愛撫してないじゃない」

「はあ……」

「あのね……」

貴子は微笑みながら諭《さと》すように言葉を継いだ。

「女の体はじっくり、じっくり、真綿で首を絞めるように愛撫していかなきゃいけないの。男と違って、そんなに性急に興奮しないものだから。わたしみたいな淫乱はともかく、由麻みたいなネンネちゃんは、下着の上から時間をかけて愛撫してあげないとダメ。もう脱がせて！　っていう心の声が聞こえてくるまで、あわてず焦《じ》らすようにやりなさい」

「……はい」

勇作は緊張の面持ちでうなずいた。

なるほどそういうものなのか、と思うと同時に、貴子のことが頼もしくなった。この調子でいろいろレクチャーしてもらえれば、由麻をよがり泣かせることができるようになるかもしれない。服を着ていたときは恐怖すら感じてしまった貴子の態度が、ベッドの中ではやさしい女に変わってくれたのも嬉しかった。

（じっくり、じっくり……あわてず焦らすように……）

胸底で反芻《はんすう》しながら、貴子の胸に手を伸ばしていく。黒いレースのハーフカップブラに包まれた乳房は、仰向けになってもなお砲弾状に迫《せ》りだしていた。大きさそのものなら由麻のほうが大きいが、丸みは貴子のほうが上だろうか。

「……んんっ！」

ブラ越しにふくらみをすくいあげると、貴子は微笑をやめてせつなげに眉根を寄せた。彼女の教えどおり、勇作は隆起《りゅうき》をじっくり撫でまわしてから、ソフトタッチで揉みしだいた。手のひらに感じるレースのざらつきが妖しすぎて、背筋にぞくぞくと震えが這いあがっていく。

「ほら、胸だけ撫でててもダメでしょ？　口が空いてるならキスして。一ヵ所だけじゃなくて、体のいろんなところを使って女を愛するの……ぅんんっ！」

勇作はブラ越しの乳房を撫でさすりながら、貴子の唇に唇を重ねた。貴子はすぐに口を開き、先ほどと同様の熱烈なディープキスが開始される。

「ぅんんっ……ぅんんんっ……」

貴子は鼻奥で挑発的にうめきながら、勇作の脚に脚をからめてきた。ガーターストッキングのナイロン地が、ブラのレース地とはまた違う妖しさを感じさせる。

(すごいな……口と手と脚と、三つ同時に愛撫しろって言ってるんだ……)

勇作は興奮しながら感嘆していた。なんだかあっという間に、熱烈な愛撫の形ができてしまった。

「ぅんんっ……ぅんんんっ……」

貴子は熱っぽく舌をからませつつ、お互いの唾液と唾液を交換した。そうしながら、勇作の太腿を両脚で挟んできた。股間をこすりつけるようにして、腰まで動かしてくる。

「むぅっ……むぅうっ……」

そこまでされれば、勇作の鼻息も荒くならざるを得ない。ブラ越しに撫でさすっていたふくらみに、むぎゅっと指を食いこませた。ブラ越しなのに、たまらなく柔らかい感触が伝わってきて、むぎゅむぎゅと揉みしだく指に力がこもる。弾力に富んだ由麻の巨乳と違い、どこまでも柔らかい軟乳《なんにゅう》だ。

「……ちょっと強いわよ」

貴子が口づけをといてささやいた。

「まだ始まったばかりなんだから、もっとやさしくして……」

「……は、はい」

　勇作はひきつった顔でコクコクと顎を引いた。つい焦《あせ》ってしまった。興奮に駆られて焦るのは禁物だ。気分を変えるために、乳房を揉んでいた右手を背中のほうに這わせていく。

　貴子の素肌は、見た目だけではなく、触り心地も白磁のようにすべすべだった。高級エステサロンに通い倒しているのかもしれない。すべすべなうえに、しっとりとした潤いがある。由麻の素肌も、ぴちぴち、むちむちして触っていてたまらなく心地よいが、貴子の素肌は手のひらに吸いついてくるようで、撫でさするのをやめられなくなってしまう。

（なんていやらしい肌触りだ……これが熟女の完熟ボディなのか……）

　実際には、貴子は三十半ばくらいなので熟女というにはやや若いかもしれない。それでも、二十二歳の勇作にしてみればひとまわり以上も年上だから、そう考えてしまってもしかたがないだろう。

　勇作は、貴子の背中を時間をかけて撫でまわし、それからじわじわと、手のひらを下肢に這わせていった。

　背中だけでも感動ものだったのに、ウエストのくびれには唸《うな》ってしまった。お腹全体が極端に薄いし、両手でつかめば指がくっつきそうなほどのくびれ具合だ。ガーターベルトが巻かれていてなお、びっくりするほど細く感じる。

そして、そこからヒップに向かって急激に盛りあがるラインが、たまらなく女らしい。勇作はその悩殺的なS字カーブを、何度も何度も撫でさすってから、ヒップに手を伸ばしていった。貴子が穿いていたパンティはTバックだったから、脱がさなくてもいきなり生尻に触れることができた。

(これが……これがフローレンス貴子のお尻かあ……)

勇作は感動に胸を熱くしながら、丸い尻丘を撫でまわした。白桃《はくとう》のようになめらかなカーブを有する尻肉は、形がいいのにひどく柔らかだ。思わずむぎゅっとつかんでしまいそうになるのを寸前でこらえ、やわやわと揉みしだいた。さらに手指を下に這わせていくと、太腿の付け根の部分の肉はもっと柔らかかった。

「ああっ、なんだかいやらしい気分になってきちゃったわ……」

貴子が勇作の太腿にぐりぐり股間をこすりつけてくる。レースの生地の奥から、むっと湿った妖しい熱気が伝わってくる。

「やだっ、もうぐっしょり濡れてきちゃってる……わたしは由麻と違ってウブじゃないから、いろんなこと想像しただけで、もう……ああっ、思い起こせばAV

女優時代、童貞喪失ものにもたくさん出演したなあ。女教師の役とかで、手取り足取りセックスのレッスン……」

「あの、じゃあ、もう脱がしてもいいですか？」

勇作が意気ごんで訊ねると、

「それはダメ」

貴子はクールに言い放ってから、照れたように少し笑った。

「わたしだって、本当だったらもう、あなたの上にまたがっちゃいたいのよ。ぐいぐい腰を使って、自分勝手にイキまくっちゃいたいのよ。でも……でも、我慢する。由麻のためにね」

「はあ……」

勇作は無念の思いで苦笑した。

「いい？　まずは下着の上からの愛撫で、パンティを手で絞れるくらいにぐしょぐしょにすることを目標にしなさい。話はそれからよ」

貴子に言われ、

「わかりました」

勇作はうなずいた。ブリーフの中で勃起しきったペニスが悲鳴をあげていたが、再び貴子の口を吸いながら、やわやわと尻肉を揉みしだいた。

5

（もういいんじゃないか……いいかげん脱がしてもいいんじゃないか……）

黒い悩殺ランジェリーを纏《まと》った貴子の体をまさぐりながら、勇作は焦《じ》れに焦れていた。すでにこの愛撫を三十分以上も続けている。修行僧さながらにソフトな愛撫を繰りかえしては、貴子の顔色をうかがっている。

「んんんっ……あああっ……」

悶える貴子の体は甘ったるい匂いのする汗にまみれ、ブラジャー越しにも乳首が勃《た》っているのがはっきりとわかった。コリコリしている突起をつまんで刺激すれば、

「あぁううーっ！」

と鋭い悲鳴をあげて身をよじった。だが、発情しているのが火を見るよりも明らかなのに、まだ脱がせてほしいと言ってこない。歯を食いしばった横顔からは、なんだか意地になっている感じさえ伝わってくる。

おかげで勇作も意地にならざるを得なかった。

こうなったら、是が非でも貴子の口から「脱がせて」という言葉を絞りとって
やらねば気がすまない。
（そうだ。よーし……）
勇作は、ブリーフの上から男のテントをハムハムする、由麻お得意の愛撫を思
いだした。まだ脱がせてはいけないというなら、薄布越しに舐めまわしてやった
らどうだろうと、上体を起こした。
「んんんっ……」
黒いガーターストッキングに包まれた両脚をＭ字に割りひろげると、貴子はせ
つなげに眉根を寄せて見つめてきた。
「ふふっ、こんなエッチな格好にして、なにをするつもり？」
余裕綽々《しゃくしゃく》の言葉とは裏腹に、吐息は淫らにはずんでいる。
（すげえっ……）
勇作はＭ字開脚の中心をのぞきこみ、息を呑んだ。黒いパンティはフロント部
分がレース製だが、女性器にあたる股布のところはコットンになっていた。そし
てそこには、黒い布だから目立たないものの、すさまじく大きなシミができてい
る。薄い生地がほとんど貼りついて、淫らな縦筋を有する女性器の形を浮かびあ

がらせているほどだった。

「あああっ……」

割れ目をなぞるように下から上に指を這わせると、貴子の腰がビクンと跳ねた。パンティはすでに手で絞れそうなほど濡れていた。さすが「潮噴き貴子」と異名をとった彼女である。汁ダクぶりが尋常ではない。

「むうぅっ……」

勇作は唇を尖らせて股布に口づけをした。発情のエキスをたっぷりと吸いこんだ薄布から獣じみた匂いが襲いかかってきて、眼も眩《くら》むような興奮状態に陥《おちい》った。シミから分泌液を吸いだす勢いでチューチュー吸いたて、そうしつつ人差し指でヴィーナスの丘の下をぐにぐにしてやる。パンティ越しなので位置がよくわからないが、女の官能を司《つかさど》るクリトリスがそのあたりにあるはずだ。

(どうだ？　これならどうだ……)

見えないながらも指先が急所にあたったらしく、

「くぅううーっ！」

貴子はくぐもった声をあげて身をよじった。勇作は執拗《しつよう》に責めた。濡れた股布をチューチュー吸いながら、パンティ越しにクリトリスをねちっこくいじりたてていくと、貴子の反応も一足飛びに高まっていった。

「はぁあああっ……いいっ！　いいわっ！パンティ越しの愛撫、もどかしくてたまらないわあああっ……」

腰を小刻みにわななかせ、ガーターストッキングからはみ出した白い太腿をぶるぶると波打たせる。激しく呼吸をはずませて、卑猥《ひわい》なピンク色に上気した美貌を左に右に振りたてる。

（悶えてるぞ……あのフローレンス貴子が悶えてる……）

勇作は身の底からエネルギーが湧きあがってくるのを感じた。どうやら女を感じさせることは、男に自信を与えるものらしい。

気がつけば、パンティのフロント部分を搔き寄せて、ぎゅうっと食いこませていた。くすんだ色の素肌をチョロチョロと生えている繊毛ごと露出させ、夢中になって舐めまわした。

食いこんだパンティの奥から、匂いたつ粘液があふれてきた。発情の分泌液だけではなく、剝きだしになったくすんだ色の肌に、生々しい汗の粒がびっしりと浮かびあがってくる。

「ああっ、もう脱がせてっ！」

やがて貴子は、耐えかねた様子で叫んだ。

「もう我慢できないわっ……熱いっ……オマ×コが熱くて、火がついちゃったみたいよっ……」

「……脱がせますよ」

勇作は万感胸に迫る思いでパンティの両脇に指をかけた。貴子はガーターストラップの上からパンティを穿いていたので、それだけを脱がすことができる仕組みになっていた。

(いよいよ……いよいよフローレンス貴子のオマ×コを……)

じりっ、じりっ、とめくりおろしていくほどに、心臓が高鳴っていく。優美な小判形に生え揃った草むらに続いて、貴子の女の花が露《あらわ》になる。AVではモザイクの向こうに隠れていた秘密の花園が、眼の前にさらけだされていく。

(うわあっ……)

勇作は眼を見開き息を呑んだ。

大人の女の貫禄にあふれた、黒い花が咲き誇っていた。肉が厚く、大ぶりな花びらが、味わった快楽の質と量を誇るようにヌラヌラと黒光りし、巻き貝のように身を寄せあっていた。

しかも、濡れ方が尋常ではない。肉の合わせ目から滲みだした発情のエキスがアヌスまで流れこんで、セピア色のすぼまりを濡れ光らせている。

「ねえ、よく見て……」

貴子は濡れた花びらに人差し指と中指をあてがうと、割れ目をぐいっと割りひろげた。逆Vサインの間から、つやつやした薄桃色の粘膜をさらけだした。

「女は視線でも感じるのよ、舐めるようによく見なさい」

「おおおおっ……」

勇作は声をあげて身を乗りだした。

黒い花びらの奥から出てきた粘膜は、新鮮そうなパールピンクに輝いていた。割れ目をひろげただけでしとどにあふれた分泌液のせいかもしれない。潤みに潤んでいるから、ゼリーのような透明感さえ感じさせる。

ただ濡れているだけではなかった。透明な分泌液にまじって、練乳《れんにゅう》状に白濁した粘液が、薄桃色の肉ひだにからみついている。

貴子はそれを指先ですくって、ねっちょりと糸を引かせ、

「本気汁よ。女は本気で感じちゃうと、こういう白い汁を漏らすの……」

コンデンスミルクに似た濃密な粘液を纏った指先を、勇作の口許《くちもと》に差しだして

きた。勇作は指ごと本気汁を口に含んだ。熟成しすぎたナチュラルチーズのような、こってりした味わいがした。その味が頭の中に火をつけ、いても立ってもいられなくなってくる。

「な、舐めてもいいですか？」

ハアハアと息を荒らげて、黒い花にむしゃぶりついていこうとすると、

「待って」

貴子が額《ひたい》を押さえて制した。

「ただ舐めるだけじゃダメよ。潮噴きのやり方教えてあげるから、そのつもりでね」

「……潮噴き」

勇作はごくりと生唾《なまつば》を呑みこんだ。

かつて「潮噴き貴子」の異名をとった天性のAV女優の、潮噴き名場面集が脳裏をよぎっていく。男に抱かれ、ピストン運動を送りこまれれば獣のようによがり泣く彼女だが、潮を噴く姿はそれ以上に激しく淫らに乱れていた。

（あれを……あの潮噴きを生で見られるのか？）

それどころか、この手この指で導けるというのだから、想像しただけで身震い

がとまらなくなってしまった。

「ぜひ……ぜひお願いします……ぜひ僕に潮噴きを伝授してください……」

興奮にたぎりきった顔で言うと、貴子はうなずき、

「じゃあ、まずは本気汁を全部舐めて、オマ×コを清めて。話はそれからよ」

「わかりました」

勇作は力強くうなずいて、貴子の股間に鼻面を突っこんだ。淫らに黒ずんだ花びらから丁寧《ていねい》に舐めはじめた。それこそ清めるように、ねろり、ねろり、と舌を這わせ、白濁した本気汁を口の中に収めていく。ごっくんと嚥下《えんか》すれば、自分の吐く息が獣じみた女の匂いに変わって、体の内側まで貴子のいやらしさに支配されていくようだった。

「むううっ……むううっ……」

鼻息を荒らげて黒い花びらをしゃぶりまわし、ふやけるほどに舐めまわしていく。舌を尖らせて、パールピンクの粘膜も隈無《くまな》く舐める。肉の合わせ目に、包皮から半分ほど顔を出した真珠肉を発見し、そこも舐めようとすると、

「クリはまだ」

貴子が再び額を押さえた。

「その前に……指を入れて」

「はい」

勇作はうなずき、右手の中指を突きたてた。手のひらを上に向け、遠慮がちに割れ目に挿入すると、

「んんんっ……」

貴子の眉間に深い縦皺が浮かんだ。

「いいわっ……そのまま奥まで入れて……か、掻き混ぜて……あああっ！」

「……こうですか？」

勇作はずぶずぶと指を蜜壺に沈めこんでいった。最奥にあるコリコリしたものは子宮口だろう。びっしり詰まった肉ひだを掻き混ぜるようにして、そのまわりで指を動かすと、

「あぁうううぅーっ！」

貴子は白い喉を見せてのけぞり、

「もっとよ……もっとして……もっとぐりぐり掻き混ぜてえええっ……」

極薄の黒いガーターストッキングに包まれた両脚を、みずから限界までひろげきっていった。

（むむっ……エロいな、それにしても……）

勇作は貴子のあられもないポーズに息を呑みつつ、ぐりんっ、ぐりんっ、と蜜壺を掻き混ぜた。びっしりと肉ひだの詰まった内側を隈無く愛撫するつもりで指を動かしていくと、次第に反応の強い場所と弱い場所がわかってきた。子宮口のまわりは性感帯らしく、大胆に刺激するほど貴子はあえぐ。

そしてそれ以上の反応が返ってくるのが、上壁のざらついた部分だった。ヴィーナスの丘の裏側にあたるところを、ぐりぐりこすりたてると、

「あぁあああああっ……そ、そこよっ！」

貴子はわずかに瞼《まぶた》をあげて、潤みきった黒い瞳を向けてきた。

「そこがGスポット……潮噴きのポイントよ……そこを押しあげるように刺激して……」

「……こうですか？」

勇作は蜜壺の中で指を鉤《かぎ》状に折り曲げると、AV男優にでもなった気分でGスポットを責めはじめた。中を掻き混ぜるだけではなく、腕ごとぶるぶると振動させたり、指を折り曲げたまま抜き差ししてみた。

「ああっ、そうっ！　いいっ！　いいわあっ……くぅうううううーっ！」

貴子の美貌がみるみる生々しいピンク色に染まっていく。長いウェイブヘアを振り乱し、首に筋を浮かべ、ハアハアと息をはずませながら身をよじる。

「こうですか？　こんな感じでいいんですか？」

勇作は、淫らに乱れていく往年の人気AV女優を血走るまなこで凝視しながら、取り憑《つ》かれたようにGスポットを責めたてた。ぐりぐり押したり、振動を送りこんだり、指を抜き差ししたり、責めれば責めるほど貴子は乱れる。

（これが……これが男の悦びか……）

責めるほどに、男としてひと皮剝けていく実感があった。体の奥底に眠っていた本能が、目覚めていくようだった。奉仕されるばかりのセックスも悪くはないけれど、女を乱れさせるこのぞくぞく感には敵《かな》わない。全身に鳥肌がたっていくような、独特の高揚感がある。

（……んっ？）

そのとき、肉の合わせ目にあるクリトリスに眼がとまった。先ほどまでは包皮から半分顔を出した状態だったのに、いまは完全に包皮を剝ききって、真珠によく似た丸い形状を露《あらわ》にしていた。

（そういえば貴子さん、さっき「クリはまだ」って言ってたな……いまならいいんじゃないか……いじっていいんじゃないか……）

　女を責める悦びに目覚めてしまった勇作は、ぬんちゃっ、ぬんちゃっ、と粘っこい音をたてて鉤状に折り曲げた指を出し入れしながら、クリトリスに舌を伸ばしていった。包皮を剝ききった真珠肉をねちねちと舐め転がしてみると、

「はっ、はぁおおおおおおおおおおおおおーっ！」

　貴子の口から驚くほど大きな悲鳴が放たれた。いままでとはあきらかに違う、獣じみた悲鳴だった。

「ああっ、してっ！　クリをもっと舐めまわしてえええええっ……」

　両手で自分の乳房をつかみ、ブラの上から揉みしだいた。カップをずりあげる勢いで揉みくちゃにし、あられもなく乱れていく。

「むうっ……むううっ……」

　勇作は鼻息も荒くクリトリスを舐めまわした。舐めるだけではなく、唇を押しつけてチューチュー吸った。そうしつつ、指の抜き差しのピッチをあげていく。ぬんちゃっ、ぬんちゃっ、と音をたて、尋常ではない量の嬉し涙をあふれさせている蜜壺から、それを搔きだすように折り曲げた指を抜き、したたかにえぐってはGスポットをぐりぐりと押しあげる。

「はぁおおおおっ……いいっ！　いいわああああっ……」

貴子が双乳を揉みくちゃにしながら叫び、

「むうっ……むぐぐっ……」

勇作の息はあがっていく。

指も腕も疲れて痺れはじめていたが、やめるわけにはいかなかった。

蜜壺がひくひくと収縮を開始し、いまにもなにかが起こりそうだったからだ。

締まりもみるみる強まっていき、まさしく指を食いちぎりそうな勢いだ。それに

負けじとフルピッチでじゅぽじゅぽ指を動かせば、奥にたまった発情のエキスが

飛沫《しぶき》となってあたりに飛び散り、

「はぁおおおおおっ……いやいやいやいやっ……漏れるっ……もう漏れちゃうう

うううううーっ！」

貴子が痛切な悶え声を迸《ほとばし》らせた。次の瞬間、ブシューッ！　ピュピューッ！

と潮噴きが始まった。アンモニア臭のない透明な分泌液が断続的に股間から噴き

あがり、水鉄砲のように勇作の顔や体を濡らしていく。

（これが潮かっ！　女の潮噴きかああああああーっ！）

勇作は呼吸も忘れて顔に潮を浴びつづけた。興奮を通り越して、ほとんど感動

していた。いったん噴きはじめた潮は、指を抜き差しするたびに噴きつづけたので、やがて貴子が「もうやめてっ！　許してえええっ……」と泣きじゃくりだすまで、中断することができなかった。

第三章　嗅がせてあげる

1

「ねえねえ、このエプロン可愛いでしょう?」

由麻は運んできたカレーライスの皿をガラスのテーブルに置くと、その場でくるりと一回転した。

「ああ、可愛いよ。とってもよく似合ってる……」

勇作はチラと横眼を向けてうなずいた。

「わたし、ちょっと前まではね、エプロンなんて好きじゃなかったの。なんだか所帯じみてる気がして……でも、いまは嬉しいなあ。ふふっ、ちょっぴり新妻《にいづま》になった気分……」

「照れること言うなよ、もう……」

勇作は顔をそむけて苦笑すると、

「ああ、うまそうだ。じゃあいただきます」

気持ちを誤魔化すようにカレーライスをむさぼり食べた。

由麻の着けているエプロンは胸当てのあるピンク色のもので、下はタンクトップとショートパンツ。肩も太腿も剝きだしなので、正面から見るとまるで裸エプロンのように見える。

ほとんどの男が憧れるという裸エプロン——眼の大きな童顔とむちむちのボディをした由麻には、お世辞抜きでその姿がよく似合っていた。もし「ミス裸エプロン・コンテスト」が開催されれば、上位入賞は間違いなしだと太鼓判を押したっていいくらいだ。

しかし、それでも勇作は、由麻のエプロン姿を正視できない。

正確には、眼を合わせられなかった。浮気をしてしまった罪悪感がそうさせていた。しかも、彼女と住んでいるこの部屋でやらかしてしまったのだから、由麻に笑顔を向けられるたびに胸にチクリと痛みが走る。

（気まずいなあ……堂々としてなきゃかえって怪しまれるだろうけど、それにしても気まずすぎるよ……）

勇作の好物であり、由麻の得意料理であるカレーライスを口に運んでも、味などまるでわからなかった。

由麻が所属しているモデル事務所の社長、渡瀬貴子がこの部屋にやってきたのは、昨日のことだ。まだ記憶が生々しすぎて、普段どおりに振る舞うことがどうしてもできない。

昨日、貴子に潮を噴かせた勇作は、そのまま彼女を抱いた。由麻とのセックスでは、由麻を「抱いた」という感じが希薄だったけれど、貴子の場合はそんな実感がいまだに残っている。

正常位で合体したという理由が大きいだろう。

もっともオーソドックスな体位なはずなのに、由麻とはいつも騎乗位で繋がっていたので、勇作にとっては初めての経験だった。騎乗位とのいちばん大きな違いは、男が自由に腰を動かせることだろう。勇作も初体験ながら、頑張って腰を振りまくった。

といっても、もちろん最初からうまくできたわけではない。なにしろ相手は往年の淫乱系AV女優であり、おまけに結合の前に潮を噴いていた。エロ・ヴォルテージが最高潮に達していた貴子は、結合するなり勇作の腰に両脚をからめ、ぐいぐいと引き寄せた。勇作のぎこちない腰使いにリズムを与えつつ、みずからも下から腰を使ってきた。

「ほらっ！　ほらっ！　こうやって動かすのよ。オチ×チンはけっこう立派だから、もっと頑張って腰振りなさい」

そんなふうに叱られながら行うセックスはいささか情けなかったけれど、貴子の指導が的確だったせいで、程なく腰使いのコツを呑みこむことができた。勃起しきった男根をしたたかに抜き差しすると、騎乗位など比べものにならない一体感が訪れた。いや、下になっても貴子のように腰を使っていれば、それはそれで違ったのかもしれないけれど、勇作はただ仰向けに寝ているだけだったのである。正常位で繋がることで初めて、「腰を振りあう」というセックス本来の愉悦に気づかされたのだった。

（これはすごいよ……たまらないよ……）

覚えたての腰使いで性器と性器をこすりあわせながら、淫らにあえぐ貴子の口を吸った。ブラジャーをはずして丸みの際立つ乳房を揉み、乳首を舐め転がした。全身を使って女体をむさぼり、しゃぶり尽くした。その時点までくると貴子もセックス指南ができないほど乱れていて、ひいひいと喉を鳴らして勇作にしがみついては、腕の中でいやらしいほどのけぞるばかりだった。

「おおおっ……もう出ますっ……出ちゃいますっ……おおおおおーっ！」

雄叫《おたけ》びとともに煮えたぎる欲望のエキスを噴射したときの衝撃は、筆舌に尽くしがたいものだった。よく締まる貴子の蜜壺の中で、ドクンッ、ドクンッ、と熱いマグマを吐きだすたびに、身をよじるほどの快美感が体の芯を走り抜けていき、腰を動かすのをやめることができなかった。自分が獣《けもの》の牡であることを実感しながら、長々と精を放ちつづけた。

（これが本当のセックスなら……）

由麻としていることは、ままごとのようなものだと思わざるを得なかった。むろん、由麻にはなんの落度もない。悪いのはすべて勇作のほうだ。男マグロと罵《のの》しられても反論の余地はなく、射精の余韻《よいん》が過ぎ去っていくと、心に冷たい風が吹き抜けていった。いままで由麻に甘えすぎていたと猛反省し、セックス・テクの向上と意識改革を胸に誓った。

とはいえ、浮気は浮気である。

由麻と寝ているベッドで貴子を抱き、彼女が噴いた潮でシーツはおろか下のマットまで濡らしてしまったのだ。貴子が帰ったあと、シーツを洗濯し、マットに延々とドライヤーをあてながら、心の中で由麻に謝りつづけていた。

「ねえ、勇作くん……」

エプロン姿の由麻に声をかけられ、勇作はハッと顔をあげた。

「あんまりおいしくない？　今日のカレー」

由麻が不安げな眼で見つめてきたので、

「あ、いや……そんなことはないよ……」

勇作はあわててカレーライスを口に運んだ。貴子とのことを考えていたせいで、スプーンを持ったまま食べるのを忘れていたのだ。

「ってゆーか……」

由麻は気まずげな上目遣いで見つめてきた。

「もしかして、本当は怒ってる？　急に出張になっちゃったから……勇作くんのこと、三日もひとりにすることになっちゃって……」

「いやいや、全然怒ってないって」

勇作は眼を合わせずに首を振った。

「仕事なんだから、しかたがないよ。うん、しかたない……」

由麻は今日から、二泊三日の予定で家を空けることになっていた。保存が利くカレーを鍋いっぱいにつくったのは、不在の間、料理ができないことへの罪滅ぼしのつもりらしい。

由麻は昨夜帰ってくるなり、勇作にこんな説明をした。勤めているセレクトショップが沖縄の那覇《なは》に支店を出すことになり、同僚がオープニング・セールを手伝いにいくことになっていたのだが、インフルエンザで倒れてしまったので、自分が代わりに行かなければならなくなった……。

もちろん嘘だった。

勇作は貴子から聞いて知っていた。

由麻は今日から二泊三日、沖縄へ撮影旅行なのである。着エロ・グラビアとDVDの撮影だ。

リゾートホテルのプールやビーチで裸になるより恥ずかしい格好を披露し、カメラの前に立つのである。おっぱいの輪郭も、ヴィーナスの丘の形状も露《あらわ》にして、四つん這いになったり、体を反り返したり、いやらしすぎるポーズをとって、男たちの自慰《じい》のオカズを生産するのである。

(泣けてくるよ、まったく……)

貴子に見せられたグラビア雑誌の写真を思いだすと、勇作はせつなく胸が締めつけられた。

ああいう類《たぐい》の写真はきわどさがエスカレートすることはあっても、おとなしくなることはないだろう。水着どころか貝殻やワカメで女の恥部を隠すことだってあるかもしれず、カメラマンの前で乳首がポロリとこぼれてしまうアクシデントが起こる可能性だってないとは言えない。

撮影現場を想像すればするほど絶望的な気分になっていったが、彼女の稼ぎで生活の面倒まで見てもらっている以上、なにも言うことはできなかった。

2

「それじゃあ、行ってくるね……」

由麻は玄関で靴を履くと、眉根を寄せた上目遣いで勇作の手をぎゅっと握りしめた。

「三日も会えなくて由麻も淋しけど、我慢してね」

「ああ、大丈夫だよ。時間ができたらメールして」

「うん、いっぱいする。じゃあ行ってきまーすっ！」

いつもより大きなバッグを肩に担いだ由麻は、いつもよりまぶしい笑顔を残して出ていった。勇作はその背中が見えなくなるまでドアを開けて見送っていた。

視線を感じたのか、由麻が途中で振り返り、お互いに照れて笑った。

（ごめん……本当にごめん……）

勇作は由麻に手を振りながら、心の中で土下座して謝っていた。由麻が着エロの撮影に出ている三日間、勇作は勇作で彼女には言えない秘密の生活を送ることになっていたからである。

今日もまた、貴子がこの部屋にやってくるのだ。

昨日の帰り際、貴子は言った。

「あなた、素質はまあまあだけど、由麻の女を磨くにはまだまだね。彼女がいない間、ここで合宿して徹底的に鍛えあげてあげる」

つまり、由麻が不在の三日間、やってやってやりまくり、セックスのさらなるキャリアアップとスキルアップを目指せというわけである。

「そんな……由麻についていかなくていいんですか？　マネージャーが撮影現場に行かなくても……」

勇作が不安になって訊ねると、

「気心が知れたスタッフばかりだから大丈夫よ。いちおう現地には、若手の社員を送りこんでおくし……」

貴子は平然と答え、

「そんなことより、あなたも気合い入れてちょうだいよ。これは遊びじゃないんだからね。あくまでも、由麻を売れっ子にするためのビジネスだってことを忘れないで」

眉間《みけん》に皺を寄せた険《けわ》しい表情で念を押された。その表情から、並々ならぬ熱意が伝わってきた。所属モデルの色香を開花させ、売れっ子に育てあげることは、貴子にとって全身全霊を懸けた仕事なのである。

（仕事か……）

外出恐怖症によって働く喜びも苦しみも取りあげられてしまった勇作には、貴子の情熱がまぶしかった。やっていることはいささか乱暴だが、真剣に取り組める仕事をもっていることは羨ましい。自分も力になれるものならなりたいと、なんだかエネルギーが湧いてくる。

それに、晴れて免許皆伝になったあかつきには、いまよりもずっと由麻を感じさせるようになれるのだ。由麻に潮を噴かせたり、騎乗位だけではなく、さまざまな体位で繋がったところを想像すると、口の中に生唾があふれてきた。よがらせてよがらせて、さらにエッチになった由麻との同棲生活は、おそらく薔薇色の幸福感に満ちていることだろう。

ピンポーンッ！

玄関の呼び鈴が鳴った。早くも貴子が到着したらしい。

勇作は玄関に向かいながら、気を落ち着けるために深呼吸をしなければならなかった。由麻に潮を噴かせるところを想像してしまったせいで、ズボンの前がふくらみかけていたからだ。いくらセックス指南を受けるとはいえ、会った瞬間からもっこりと男のテントを張っていてはバツが悪い。

ところが、つんのめりそうになる欲望を必死に抑えてドアを開けると、立っていたのは貴子ではなかった。

もちろん由麻でもなく、見知らぬ女だ。

年は三十半ばくらい。貴子と同じくらいだが、人種がまるで違う。

黒髪をアップにまとめ、淡いグリーンのニットアンサンブルと黒いタイトスカートを纏《まと》った姿には、良家の人妻めいた気品があふれていた。純和風のすっきりした瓜実顔《うりざねがお》には、シャープな銀縁メガネ。清楚《せいそ》な美人と呼んでも差し支えないだろうが、妙にツンと澄ましており、ＰＴＡの役員でもしていたらぴったりきそうな雰囲気が漂っている。

「あのう、なんのご用でしょうか？」

勇作はおずおずと訊ねた。

「部屋を間違えてませんか？　セールスなら間に合ってますけど……」

「町田勇作さんよね？」

女は眼をそむけたまま言った。なんだか不機嫌そうだった。

「はあ……」

勇作がうなずくと、

「わたくしは加納《かのう》久仁香《くにか》と申します。渡瀬貴子さんのご紹介でここに来ました」

久仁香と名乗った女は、緊張でこわばらせた横顔を赤く染めた。

「へっ？」

勇作は首をかしげ、

「貴子さんの紹介？　紹介って……」

「とにかく、立ち話もなんですので、お邪魔させていただいてよろしいかしら」

久仁香は返事も待たずにクリーム色のパンプスを脱ぐと、勇作の脇を抜けてそそくさと部屋にあがっていった。こちらに背を向け、絨毯の上に正座した。

（どうなってるんだよ、まったく……）

勇作は呆然と立ち尽くしていたが、そのとき、テーブルの上に置いてあった携帯電話が鳴ったので、あわてて玄関を閉めなければならなかった。

　電話は貴子からだった。

「どういうことですか、いったい？　いま貴子さんの紹介っていう女の人がここに来てますけど。自分のことを『わたくし』なんていうお堅い感じの人が……」

　勇作は久仁香に背中を向け、声を殺して訊ねた。

「うん、彼女が今日の先生……」

　貴子は軽快に答え、勇作は「ええっ？」と声をひっくり返した。

「ふふっ、つまりね、わたしが付きっきりで手取り足取り教えてあげるより、いろんなタイプの女を抱いてみたほうがいいかもしれないって思い直したわけよ。久仁香さんはわたしと同い年だけど……ふふっ、人妻だから、抱き心地がきっと違うわよ……」

「抱き心地って……」

　勇作は返す言葉を失った。ということは、久仁香は最初からそのつもりでここに来たということだろうか？　あの真面目そうな銀縁メガネの人が、セックス指南をしてくれるつもりで……。

息を呑み、肩越しに久仁香の様子をうかがってみる。

久仁香はこちらに背中を向けて座っていた。黒髪をアップにしているので後《おく》れ毛も妖しいうなじと、むっちりと量感のあるヒップが眼を惹《ひ》く。正面から見るとPTAの役員みたいだったけれど、後ろ姿からは三十路《みそじ》の人妻の濃密な色香がむんむんと漂ってくる。

「久仁香さんのご主人は銀行マンなのね。でも、エリートバンカーってそりゃあもう寝る暇もないくらい忙しいらしくって、妻の相手なんて全然してくれないみたい。よくある話って言えばよくある話よ。で、一度思いあまってわたしのところに訪ねてきたわけ。欲求不満ももう限界だから、AVに出演させてほしいって。顔出しは無理って言うから、まだ実現してないけど……でも、あなたの先生にはうってつけでしょう？」

「……はあ」

勇作は呆然とするしかなかった。いくら夫が相手をしてくれないからとはいえ、AVに出演して欲求不満を晴らそうなんて普通ではない。真面目そうな仮面の下に、久仁香がいったいどれほどの欲望を隠しもっているのか、考えるだに空恐ろしくなってくる。

「だから、遠慮なく抱いてあげなさい。ちなみに彼女は、極端な恥ずかしがり屋で、ドMらしいから」

「はあ？」

勇作は素《す》っ頓狂《とんきょう》な声をあげ、久仁香に聞こえないように口に手をあてた。

「なんなんですか、恥ずかしがり屋のドMっていうのは？　普通、そんな人がAVに出ようなんて思わないでしょ？　いくら欲求不満だって……」

「馬鹿ねえ。なんにもわかってないなあ……」

貴子はくすくすと笑い、

「恥ずかしがり屋だから、恥ずかしいことをされると感じちゃうのよ。ドMっていうのはそういう意味。だから堂々と男らしく振る舞って、イキまくらせてあげなさい。いい？　相手が年上だからって遠慮しないで、男のあなたがきちんとリードするのよ」

貴子は一方的に言って電話を切った。

（まいったな、もう……）

勇作はその場に立ち尽くしたまま、泣き笑いのように歪《ゆが》んだ顔で、久仁香の背中をチラリと眺めた。

3

「いまのお電話、貴子さんから？」

久仁香が背中を向けたまま言い、

「……はい」

勇作は怯《おび》えた小声でうなずいた。

「じゃあ、わたくしがどうしてここに来たのか、わかっていただけたわね？」

「ええ……まあ……いちおうは……」

勇作の声は小さくなっていくばかりだった。

これから初対面の人妻を抱くということが、とても現実とは思えない。貴子の場合は初対面でも、往年のAV女優として知っていた。彼女の出演したビデオを観《み》て興奮し、何度となくオナニーをしたことがあった。

しかし、久仁香の場合は正真正銘の初対面なのだ。どういうふうに振る舞えばいいのか、皆目見当がつかない。

（頑張れ……頑張るんだ、俺……これは試練だ……由麻ちゃんを悦ばせるために越えなきゃいけないハードルなんだ……貴子さんは言ってたぞ。堂々と男らしく振る舞えって。そうだよ……俺のセックスにはそれが欠けてたんだよ……）

勇作が必死に自分を鼓舞《こぶ》していると、

「シャワーをお借りしてよろしいかしら」

久仁香が立ちあがった。ツンと澄ました横顔が、さすがに緊張している。

「そっちね……」

久仁香はバスルームを見つけて向かおうとしたが、

「待ってください」

勇作は前にまわりこんで制止した。

「シャワーは……シャワーなんてべつに浴びなくていいですよ」

「……どうして？」

久仁香が眉をひそめる。

「それくらいのマナーは心得てるわよ。抱かれる前に体を清めたいの」

「だから清めなくていいです」

勇作はきっぱりと言い放った。

「抱かれにきたなら脱いでくださいよ。いますぐ」

「……なんですって？」

銀縁メガネの奥で、久仁香の眼が吊りあがった。ＰＴＡの役員のような顔をしている彼女に睨まれると怖かったが、勇作も負けじと睨みかえし、

（リードするんだ……こっちがリードして、感じさせてやるんだ……）

胸底で呪文のように繰りかえした。ここで引いたら、彼女にイニシアチブを取られてしまう。男らしく振る舞うことなどできなくなる。

それに、セックスの前にシャワーを浴びたがるというのは、自分の体臭を気にしているということに違いない。汗の匂いや陰部の香りを、恥ずかしがっているのである。ならば、恥ずかしがり屋の彼女にとって、そこは最大のウィークポイントになるのではないだろうか？　確信はなかったが、直感が働いた。

「さあ、早く脱いでくださいっ！」

いささか声を荒らげると、

「ひどい……」

久仁香は顔をそむけて唇を嚙んだ。

「わたくしは、貴子さんにこう言われたわ。この前まで童貞だった男の子がいるから……セ、セックスのやり方を教えてあげてって……つまり、わたくしは先生なわけでしょう？　先生がシャワーを浴びたいって言ってるのに、いきなり脱げ

なんてちょっとひどいんじゃないかしら……」

「べつにひどくないですよ……」

勇作は足元から自信が湧きあがってくるのを感じた。久仁香があきらかに怯《ひる》んでいたからだ。ちょっと声を荒らげただけなのにビクビクして、男の強引さに抗《あらが》いきれない本性を垣間《かいま》見《み》せた。

「たしかに僕はセックス初心者で、さる事情により経験を多く積みたいわけです。でも、抱く前にシャワーなんて浴びられたら興醒《きょうざ》めだ。そんなのソープ嬢と変わらないじゃないですか。僕は奥さんの生の匂いを嗅ぎたいんです……」

「ううう っ……」

久仁香は「生の匂い」という言葉にビクンと反応し、身をすくませた。いよいよもって、彼女の羞恥のポイントはあきらかだった。

「さあ、脱いでくださいっ！」

勇作は絨毯の上にあぐらをかき、久仁香を見上げた。この手で脱がせたいのは山々だったが、ストリップのようにみずからの手で脱いでもらったほうが、羞恥心を煽《あお》りたてるだろうと思ったのだ。

「ひどいわ、本当に……」

久仁香は声を震わせつつも、ニットのボタンをはずしていった。

「わたくし、せっかくやさしくメイクラブの手ほどきをしてあげるつもりだったのに……こんな扱いを受けるなんて、あんまりよ……」

言葉とは裏腹に、早くもハアハアと息がはずみだしている。ニットのボタンをはずし終えると、

「あああっ……」

悩ましい声をもらして脱いだ。控えめな胸のふくらみが、ベージュ色のブラジャーに包まれていた。

「下もですっ！　下も早く脱いでくださいっ！」

勇作が身を乗りだして声を荒らげると、久仁香はその勢いに怯えながら、黒いタイトスカートも脱いでいく。パンティはブラと揃いのベージュで、その上にナチュラルカラーのパンティストッキングを着けていた。

（うおおおおおーっ！）

勇作は眼を見開いて息を呑んだ。

久仁香の下着姿は、可愛らしい由麻のものとも、セクシーすぎる貴子のものとも違い、ひどく生々しかった。

品《ひん》はあっても、人妻らしい生活感が漂っているのだ。パンティストッキングに入った、股間を縦に割るセンターシームのせいかもしれない。スカートの中に隠すことを前提としている不細工な一本線が、女の楽屋をのぞいてしまったようなひめやかな気分を誘い、興奮を煽りたててくる。

しかも、である。

久仁香は黒髪をアップにし、銀縁のメガネを掛けたままだった。首から上はPTAの役員さながらなのに、首から下は生々しい下着姿。そしてメガネの下の清楚な美貌は、羞恥に歪みきってなんとも悩ましい表情になっている。

（たまらないよ、これは……）

ズボンの股間をもっこりと盛りあげた勇作は、いても立ってもいられなくなり、立ちあがって久仁香に身を寄せた。といっても、肩や腰を抱いたりしたわけではない。両手を所在なく宙で泳がせている久仁香のことを、頭の先から爪先まで、値踏みするようにむさぼり眺めた。指一本触れないぶんだけ、眼をギラつかせて舐めるように視線を這わせていく。

それも羞恥を煽る作戦のひとつだった。

「ううう っ……」

年下男の淫らな熱視線に身をすくめている久仁香は、けっしてスタイル抜群ではなかった。グラマーで巨乳の由麻とも、スレンダーなのに凹凸のくっきりしている貴子とも違う。腕は細く、胸のふくらみは控えめで、上半身は痩せている感じなのに、下半身にはたっぷりと肉がついていた。ヒップはボリューム満点で、太腿などは逞《たくま》しいほどむっちむちである。

日本人女性にありがちな、いわゆる「下半身デブ」の範疇《はんちゅう》に入るのかもしれない。その体型が、ひどくそそった。顔立ちが清楚なうえに銀縁メガネなので、完成度の低いアンバランスなプロポーションが逆に、たまらなく卑猥《ひわい》に映る。

「……そんなに見ないで」

久仁香が恥ずかしげにくねくねと身をよじる。けれども、頬を桜色に染めた横顔からは、勇作の視線を意識していることが如実に伝わってきた。勇作が胸元を眺めれば両手を宙に泳がせ、センターシームを見つめれば腰をくねらせる。ただ見つめられているだけで、額《ひたい》にうっすらと汗までかいてきた。

「そんなこと言わないで、女性の体をじっくり研究させてくださいよ。僕、経験が積みたいんです」

勇作は高ぶる興奮を抑え、涼しい顔で言った。

「それは……それはいいけど……」

久仁香が恥ずかしげに声を震わせ、

「なにもこんなところで立ったまま見なくても……ねえ、あっちのベッドに行きましょう?」

部屋の隅にあるベッドに眼をやる。いっそ早く下着を脱がせて、男根で貫いてほしいとばかりに、逞しい太腿をもじもじとこすりあわせる。

「でも、ほら、ここ蛍光灯の下でしょ? 僕は明るいところでじっくり見たいなあ、奥さんのヌード」

勇作はとぼけた調子で言うと、久仁香の後ろにまわりこみ、

「それに、見るだけじゃなくて……」

後れ毛も悩ましいうなじに顔を近づけて、くんくんと鼻を鳴らした。

「な、なにをするの……」

久仁香は驚いて身を翻《ひるがえ》そうとしたが、勇作はそれを許さなかった。満を持して久仁香の腰に腕をまわし、後ろからしっかりと抱きしめた。

「なにって、匂いを嗅いでるんですよ。奥さんがシャワーで流そうとした匂いをね。ふふっ、あれだけシャワーを浴びたがるなんて、いったいどんな強烈な匂い

がするのか、さっきから気になってしょうがなかったんです……」

うなじの生え際に鼻を押しつけて再び鼻を鳴らすと、

「や、やめてっ……」

久仁香はひどくあわてていやいやと身をよじり、

「べつに臭《くさ》くなんかないわよ。あれはマナーで言っただけで……」

「じゃあ、嗅いでもいいじゃないですか」

勇作は久仁香の腕を持ちあげ、腋《わき》の下をさらしものにした。青々とした腋毛の処理跡も生々しい部分に鼻を近づけ、くんくんと匂いを嗅ぐ。

「ああっ、やめてっ……嗅がないでっ……」

身をよじる久仁香を押さえながら、勇作の鼻は活発に活動した。じっくりと腋の下の匂いを嗅いでから、前にまわりこんで、息がかかる距離まで久仁香に顔を近づけていった。

「たしかに臭くないです。とってもいい匂いがしましたよ。ええ、甘ったるい果実臭が……」

「変なこと言わないでちょうだいっ！」

久仁香は真っ赤になって顔をそむけた。強気な言葉とは裏腹に、両膝をガクガクと震わせて、いまにもその場にへたりこんでしまいそうだ。

「変じゃないですよ、いい匂いだって言ってるじゃないですか」

勇作は執拗《しつよう》に久仁香の顔を追いかけ、銀縁メガネ越しに眼をのぞきこんだ。

「ね、お願いしますよ。奥さんの全身の匂いを嗅がせてください。嗅がせてくれたら、ベッドに行ってもいいですから……」

「ううう っ……」

久仁香は唇を噛みしめながら恨みがましい眼を向けてきたが、結局、勇作の頼みにうなずかざるを得なかった。

4

久仁香をベッドに横たえた勇作は、両手をバンザイの状態で押さえつけ、再び腋の下の匂いから嗅ぎはじめた。

緊張のせいか、羞恥のためか、ベッドに移動してくるまでのほんのわずかな間に、汗が噴きだしていた。熟しすぎた南国の果実を彷彿《ほうふつ》とさせる、ねっとりとした甘い匂いがさらに濃厚になっている。

（お世辞じゃなくて、すごくいい匂いだな。女の人の汗の匂いって、どうしてこんなに甘いんだろう……）

勇作はほとんど陶酔の境地に達していた。

以前、雑誌かなにかで読んだことがある。女がセックスでかく汗は、スポーツでかく汗とは全然種類が違うという説を。つまり、この甘ったるい匂いは、牝が牡が引き寄せるためのフェロモンということになるのだろうか。

「むううっ……むうううっ……」

鼻息を荒らげて左右の腋の下の匂いを嗅いだ。腋毛の処理跡が残るチクチクした素肌に舌を這わせてみたくなったが、まずは匂いである。ぐっとこらえてブラに包まれた胸のふくらみに顔を近づけていく。熟れた透明感のある胸元の白い素肌が、噴きだした汗でテラテラと濡れ光っている。

「すごい汗ですよ、奥さん……」

勇作がささやくと、

「恥ずかしいからでしょ……」

久仁香は悔しげに顔をそむけた。その清楚な美貌には、まだ銀縁のメガネが掛けられている。ベッドに横たわるとき久仁香ははずそうとしたのだが、勇作がはずさないでくれと頼んだのだ。頼んで正解だった。メガネを掛けていてくれたほうが、下着姿のいやらしさが何倍にも増す。

「むむっ、やっぱりおっぱいは、なんだかミルキーな匂いがしますね」

勇作が感心しながらささやいても、久仁香は銀縁メガネの下の顔を歪めるばかりだった。体中の匂いを嗅がれるのが、よほど恥ずかしいらしい。

（だったら、もっと恥ずかしがらせてやろうかな……）

久仁香のブラはフロントホックだったので、プツンとはずした。割れたカップの間から、肉まんサイズの小ぶりなふくらみが恥ずかしげに顔を出した。

「あああっ……んんんんっ……」

久仁香は羞じらって体をひねったが、勇作は露《あらわ》になった乳房には眼もくれず、女体からブラジャーを剝がした。カップの内側に鼻面を突っこみ、鼻から思いきり息を吸いこむと、こってりと濃厚なミルク臭が胸いっぱいにひろがっていく。

「やめてっ……なにをするのっ……」

久仁香が啞然《あぜん》とした顔を向けてくる。

「嗅がないでっ……ブラの匂いなんて嗅がないでっ……」

あわてて奪い返そうとしてきたが、勇作は渡さない。

「恥ずかしがってるふりして、興奮してるみたいじゃないですか、奥さん」

まだなにひとつ愛撫などしていないのに物欲しげに尖《とが》りきった赤い乳首を、ピーンと指ではじいてやると、

「あぁううううっ！」

久仁香は大仰《おおぎょう》な声をあげてベッドの上でのけぞった。

「ホントは奥さんだって興奮してるんでしょ？　匂いを嗅がれて……」

勇作は言いながら体を後ろにずらしていき、パンティストッキングに包まれた両脚を左右に割った。裏側を見せ、なおいっそう迫力を増した逞しい太腿の存在感に圧倒されながら、M字開脚のポーズをとらせる。

「あああっ……あああああっ……」

あられもない格好を強いられ、少女のように狼狽《うろた》える久仁香の股間に、勇作は顔を近づけていった。股間を縦に割るセンターシームに沿って鼻をこすりつけてやろうか？　それともいきなり割れ目の上がいいか？

（……んっ？　待てよ……）

だが、途中で顔を近づけるのを中止した。メインディッシュを味わう前に、ぜひとも賞味してみたいところを発見してしまったからだった。足である。

M字開脚によって宙に掲げられている久仁香の足は、パンストのナイロンに包まれていた。爪先の、生地が二重になっているところがなんとも妖しく、どんな匂いを放っているのか、たまらなく気になった。

「いやあああああっ……」

勇作が爪先に鼻を近づけてくんくんと嗅ぐと、久仁香は涙に潤んだ悲鳴をあげた。

「そ、そそこはやめてっ……足の匂いだけは嗅がないでえええっ……」

「いいじゃないですか、いまさら照れなくても」

勇作はかまわず匂いを嗅いだ。足の裏側に顔面を押しつけて、荒々しく鼻を鳴らした。

汗の匂いがした。腋の下のねっとりと甘い汗の匂いではなく、塩辛くてスパイシーな嗅ぎ慣れた匂いだ。革の匂いがするのは、靴の中で蒸れていたからだろう。ここだけは自分の匂いとさして変わらないとすら思ったが、

「ああっ、いやいやっ……嗅がないでっ……もう許してえええっ……」

清楚な美貌を真っ赤に燃やし、銀縁メガネを飛ばしそうな勢いで首を振っている久仁香の様子がどこまでも煽情的で、彼女の放っている匂いだと思うと、悪臭

までも、どういうわけかひどく興奮を誘うのだった。

（ああっ、なんだか俺、犬にでもなっちまったみたいだな……しかし、匂いを嗅ぐのがこんなに興奮することだとは、夢にも思わなかった……）

左右の足ともじっくりと匂いを嗅ぎ、そうしつつ羞じらう久仁香の表情に欲望を燃えあがらせていく。足の裏に顔を押しつけていると、ざらりとしたナイロンの感触がひどくいやらしく感じられたので、パンストに頬ずりしながら顔を股間に近づけていった。ふくらはぎと太腿の女らしいカーブを頬で味わいながら、M字に開いた両脚の中心に鼻面を突っこんだ。

「……むむっ！」

顔を股間に押しあてる寸前で、勇作は早くも獣じみた匂いを感じた。二枚の下着越しにも、むんむんと伝わってくる熱気がすごい。

「興奮してるみたいですね、奥さん？」

「知らないっ！　知りませんっ！」

久仁香は真っ赤になって、細首をうねうねと振りたてる。髪をアップにまとめているので、恥辱にまみれてくしゃくしゃになった顔を、乱れた髪で隠すこともできない。

「ふふっ、ホントは知ってるくせに……」

「いっ、いやあああーっ！」

勇作が股間に鼻を押しつけると、久仁香は割れんばかりの悲鳴をあげた。背中をきつく反り返し、宙に掲げられた足をジタバタさせた。

勇作はかまわず、麻薬を探す探知犬のように鼻を鳴らして匂いを嗅いでいく。むっと湿った獣じみた匂いが鼻腔《びこう》を通って脳天までを痺《しび》れさせ、嗅げば嗅ぐほど嗅ぐのをやめられなくなる。

うなじや腋の下や乳房や足では、感じることができなかった衝撃だった。熟成しすぎたナチュラルチーズに、磯の香りがブレンドされたようなその匂いは、まさしく牡の欲情を揺さぶりたてる獣の牝のフェロモンだった。

「むうっ……むううっ……」

興奮で顔を熱くしながら、センターシームに沿って鼻を動かしていく。匂いだけではなく、こんもりと盛りあがったヴィーナスの丘の形状や、その下のぐにぐにと柔らかい女陰の感触がいやらしすぎて、頭の中に火がついた。気がつけばただ匂いを嗅ぐだけではなく、顔全体を股間にぐりぐり押しつけていた。

「ああっ、いやあああああっ……」

二枚の下着越しとはいえ、そこは女の急所があるポイントだった。勇作の鼻がヴィーナスの丘をくだってクリトリスの上を通過すると、久仁香はビクンと腰を跳ねあげた。勇作がさらに何度もしつこく繰りかえしていると、

「はっ、はぁあうううううううーっ！」

早くも感極まったような悲鳴をあげ、逞しい太腿で勇作の顔をむぎゅっと挟んできた。

「むぐぐっ……」

一瞬呼吸ができなくなり、勇作は眼を白黒させた。しかし同時に、呼吸など忘れるほどの興奮がこみあげてくる。熟女ならではのむっちりした太腿とざらついたストッキングのハーモニーを頬で感じるのは、窒息してもいいと思えるほど刺激的だった。しかも、鼻と口は他ならぬ股間に塞がれているのである。頭の中に火がつくどころか、脳味噌がぐらぐらと沸騰していくようだった。

「ああっ、してっ！　してええええっ……」

久仁香は腰を動かし、みずから股間を勇作の顔にこすりつけてきた。

「匂いを嗅ぐだけじゃなくて、もっと気持ちいいことしてっ！　これ以上辱《はずか》しめないでっ！　ああっ、お願いよおおおっ……」

「むうっ！」

勇作は鼻息も荒く顔をこすりつけ、鼻先で股間を刺激した。しかし、思ったように動けないのでもどかしさが募《つの》るばかりだ。むっちりした太腿に顔を挟まれる愉悦にもうしばらく浸っていたい気もしたが、諦めることにして再び久仁香の両脚をM字に割りひろげていく。

「あああっ……」

久仁香がせつなげな声をあげる。無防備になったみずからの股間を見て、銀縁メガネを掛けた美貌に恍惚《こうこつ》と不安を浮かびあがらせる。

「破ってもいいですか？　脱がすんじゃなくて、このまま……」

勇作が訊ねると、

「いやよ、そんな……」

久仁香は顔をそむけて答えたが、銀縁メガネのレンズの奥で、黒い瞳が妖しく輝いたのを、勇作は見逃さなかった。

「ふふっ、いやならまだ脱がしませんけど、それでもいいですか？」

「それは……それは許して……ストッキングの替え、持ってるから……破いてもいいから……あああっ、破いてちょうだいっ……」

「それじゃあ……」

勇作も双眸《そうぼう》を興奮でギラつかせて、パンティストッキングを両手でつかんだ。ビリビリビリッとサディスティックな音を響かせて、極薄のナイロンを破っていく。パンストの股間に淫らな穴をあけていく。

「あああああっ……」

久仁香が空気の抜けるような声をあげ、同時に、勇作の鼻先で揺らいでいた獣じみた匂いが濃密になった。

血走るまなこで凝視すれば、ベージュの股布に、五百円玉サイズの濃いシミができていた。勇作は我慢できなくなって、股布に指をかけた。焦らせば焦らすほど女体は燃えるというのが貴子の教えだったが、それにしても限度がある。股布を片側に寄せて、女の花を露にすると、

「あぁあああああああっ……」

久仁香が甲高《かんだか》い悲鳴をあげた。恥辱よりも、声色《こわいろ》は歓喜に強く彩られていた。二枚の薄布に長く密閉されたまま熱く疼《うず》いていた部分に、新鮮な空気を感じた解放感が、そんな悲鳴をあげさせたのだろう。

（うわあっ……）

勇作は眼を見開いて息を呑んだ。

久仁香の女の花は、花びらが極端に小さくて薄かった。おかげで、脚をひろげているだけで恥ずかしい粘膜まで丸見えの状態だ。サーモンピンクに輝く肉ひだが薔薇の蕾《つぼみ》のように渦を巻き、涎《よだれ》じみた発情のエキスを呆れるくらいしとどに漏らしている。

そして、繊毛の生え方が異常に淫らだった。ヴィーナスの丘を飾っている草むらは、噴水が左右に撥ねたような優美な形なのに、黒々とした影が女陰のまわりまで流れこみ、割れ目を取り囲むようにびっしりと生えている。まるで性欲の強さを暗示するような濃密さだ。眼を凝らしてよく見れば、アヌスのまわりまで短い繊毛が茂っていて、すぼまりともども濡れ光っている様子は、さながら海底に潜むイソギンチャクのようだった。

(女の股ぐらって、実にいろいろな景色があるもんなんだなあ……)

当たり前と言えば当たり前のことに深く感心していると、

「ああっ、早く舐めてっ……」

久仁香が切迫した声でねだってきた。

「わたし、もう我慢できないわっ……おかしくなりそうよっ……たまらない気分になってきちゃったのよっ……」

銀縁メガネの向こうでせつなげに眉根を寄せながら、淫らがましく股間を上下に揺さぶりたててきた。

5

久仁香が恥ずかしがり屋ゆえに恥ずかしいことをされると燃えるという貴子の説は、なるほど間違っていなかったようだ。

ほんの思いつきであったにもかかわらず、体中の匂いを嗅がれるという羞恥プレイで責められた久仁香は、女陰を露出される前から欲情を激しく燃え盛らせていたらしい。

勇作がクンニリングスを開始すると、清楚な美貌からメガネを飛ばしてあえぎにあえぎ、女の割れ目からとめどもなく発情のエキスを漏らした。舐めれば舐めるほどサイズの小さい花びらをぱっくり開き、サーモンピンクの粘膜を奥の奥までさらけだして、白濁した本気汁まで垂らしはじめた。

「ねえ、奥さん、これ本気汁って言うんでしょう？　本気で感じてる証拠ですよね？」

練乳状《れんにゅう》の粘液に糸を引かせながらささやくと、

「ああっ、もう許してっ！」

久仁香は切羽つまった声をあげ、激しく身をよじってクンニリングスの体勢を崩した。

「わたくしばっかり感じさせられるのは嫌よ……ねえ、わたくしにもさせて……あなたのオチ×チン、舐めさせて……」

勇作の腰にむしゃぶりついてきた久仁香の顔には、一刻も早く男根で貫いてほしいという本音がくっきりと浮かんでいた。ならば、さらに焦らして欲情の脂《あぶら》汗《あせ》を絞りとったほうがいいような気もしたが、勇作にしても、興奮していなかったわけではない。

（舐めてくれるのか？　こんな上品な奥さんが、俺のチ×ポを……）

フェラチオをしてもらえる期待感に、ズボンの中で勃起しきった男根がずきずきと疼きだしてしまった。女体を責めつづける使命感より、清楚な瓜実顔《うりざねがお》を生々しいピンク色に染めた久仁香に、フェラをされたい欲望が勝った。

「いいんですか？　舐めてくれるんですか？」

訊ねる声が震えてしまう。

「うん、させて……わたくしにもお返しをさせて……」
「そこまで言うなら、お願いします……」
勇作はまだ着けたままだったシャツとTシャツをあわてて脱ぎ、立ちあがって
ジーパンとブリーフを一気に脚から抜き去った。
勃起しきった肉茎が唸りをあげて反り返り、ぴちゃっと湿った音をたてて下腹
に貼りつく。
それを見た久仁香は、
「あああっ……」
恥ずかしそうに頬を赤く染めて顔を伏せた。眼の前でそそり勃《た》つ若牡のペニス
を挿入されるときのことを想像してしまったらしく、半開きの唇が淫らな感じに
わななきだす。
銀縁メガネはクンニリングスの途中ではずれてしまっていたので、久仁香は素
顔だった。長い睫毛《まつげ》が重そうで、黒眼がちな眼は淑《しと》やかだったが、勇作はなんだ
か物足りない気分になり、
「それだとよく見えないんじゃないですか？」
枕元に落ちていたメガネを拾って、久仁香の顔にあらためて装着した。

「ああぁっ……な、なんだか恥ずかしい……」

視力をアップさせられた久仁香は、鼻先でそそり勃っているペニスをチラ見しては、ますます頬を赤く染めたが、勇作の顔も興奮にみるみる上気していった。

裸にメガネはやはりエロい。

猛烈にエロすぎる。

勇作は仁王立ちのまま、肉茎をきつく反り返した。

「それじゃあ……お願いします……お返しを……」

「……うん」

久仁香がペニスの根元に指をからめて、股間に顔を近づけてくると、エロさはさらにアップした。赤黒く膨張した亀頭と、クールな銀縁メガネのコントラストが妖しすぎる。

「……ぅんあっ！」

久仁香は品のある薄い唇をひろげると、舌を差しだして、いきなり咥《くわ》えこんできた。生温かい口内粘膜で亀頭をずっぽりと包みこまれ、

「むうぅっ！」

勇作は腰を反らせて首にくっきりと筋を浮かべた。しかし、瞬《まばた》きをすることはできない。銀縁メガネをかけたまま男根を咥えこんだ久仁香の顔が、衝撃的にいやらしかったからだ。メガネをかけたまま鼻の下を伸ばして、限界まで口唇を割りひろげている顔は、たとえようもない卑猥さに満ちていた。

しかも、久仁香は、すぐに上品な唇をスライドさせはじめた。「むほっ、むほっ」と鼻息も荒く、若牡の男根を舐めしゃぶりはじめた。

（たまらない……たまらないよ……）

勇作の両脚はにわかにガクガクと震えだした。極端な恥ずかしがり屋でも、そこは三十路の人妻。フェラの濃密さはすさまじいばかりで、若い由麻など足元にも及ばない愉悦を覚える。瞬く間にペニスの全長を唾液にまみれさせ、妖しい光沢に濡れ光らせていく。

「ぅんぐっ……ぅんぐぐっ……」

久仁香は唇をスライドさせて亀頭をしゃぶりながら、口内でねろねろと舌を動かし、徐々に肉竿を深く呑みこんでいった。

銀縁メガネをかけた清楚な美貌が男の陰毛に埋まるほどになれば、必然的に呑みこまれたペニスの先端は喉まで到達し、亀頭がキュッキュッと締めつけられる。

「むむむっ……」

勇作は唸《うな》った。喉まで使って男に奉仕するとは驚くばかりのテクニックだったが、それだけではなく、唇はうぐうぐと収縮し、男根の根元を締めつけてくる。先端と根元の二段締めに翻弄《ほんろう》され、

「むうう……むううう……」

勇作は真っ赤になって身をよじった。あまりの興奮に全身の毛穴が開いて、欲情の熱い汗が噴きだしてくる。

「……ねえ、口の中でどんどん大きくなっていく」

久仁香が口唇《こうしん》からペニスを吐きだし、唾液にまみれた肉竿をしごく。

「この大きいの、そろそろ口じゃないところに入れてちょうだい……ああっ、わたくしもう、我慢できなくなってるんだから……」

「……わかりました」

勇作は息を呑んでうなずいた。望むところだった。久仁香の濃厚なフェラにこれ以上翻弄されれば、口内暴発の危険がありそうである。欲求不満を解消に来た彼女を相手に、そうなってしまっては申し訳がない。

「それじゃあ……四つん這いになってもらえますか」

「えっ……」

久仁香が意外そうな顔をしたので、

「いや、その……」

勇作はあわてて言葉を継いだ。

「僕、まだバックで繋がった経験がないんですよ。だから、ぜひチャレンジしてみたいな、なんて……もしかしてバックは嫌いですか？」

「……ううん」

久仁香は首を横に振り、口許に笑みをこぼした。ぞくぞくするほど淫蕩な笑みだった。

「わたくしもバックがいちばん好きなの。でも、いきなり後ろから求めるのも悪いかなと思ってたから……願ったり叶ったり」

言いながら四つん這いになって、尻を突きだしてくる。

（うわあっ……）

勇作は圧倒されてしまった。元々ボリューム満点のヒップと、逞しい太腿は、四つん這いにさせて後ろから見ると、その迫力を倍増した。一瞬、挑みかかるのが恐ろしくなるほどの光景だった。

とはいえ、挑みかからずにはいられない。

久仁香はまだ、下肢に二枚の下着を着けていた。びしょ濡れのパンティと股間が破れたパンティストッキングである。そのまま股布を横に寄せて挿入することもできそうだったが、すべてを脱がしてみたい気もする。

（うーん、どっちにしよう……迷っちゃうな……）

悩みに悩んだすえ、パンティとストッキングをぺろりとめくった。たっぷりした生尻と、桃割れの間で匂いたつ女の花が露になったが、それにも増して眼《ひ》を惹いたのが、パンティの股布の濡れ具合だった。透明な発情のエキスはもちろん、コンデンスミルク状の本気汁まで付着して、呆れるほどのドロドロ状態だ。

（すげえな……）

すぐに脱がしてしまうのがもったいない気分になると同時に、二枚の下着を太腿までさげた中途半端な格好が、たまらなく卑猥であることに気づいた。それに、これなら生尻とストッキングをどちらも味わうことができそうだ。

勇作は腰を巨尻に寄せていった。

勃起しきった男根をつかむと、亀頭で桃割れをなぞった。ぬるり、ぬるり、と下から上に動かして、穴の位置を探していく。

「……ああっ、そこよ」

久仁香が振り返ってささやく。

「そこで入れて……ずっぽりえぐってっ……ああっ、早く……」

銀縁メガネをかけた美貌を欲情に蕩《とろ》けさせてねだると、腰をくねらせて巨尻を振った。顔立ちの清楚さと、どこまでもボリューム満点なヒップや太腿のハーモニーが、四つん這いで振り返られるといやらしすぎて眼がくらむ。

「いきますよ……」

勇作は息を呑んでぐっと腰を前に送りだした。両手で左右の尻丘をつかみながら、ゆっくりと侵入していった。

「んんんっ……んんんんっ……」

久仁香は振り返っていられなくなり、後《おく》れ毛も悩ましいうなじを見せた。ペニスをずぶずぶと奥に進めていくほどに身をよじり、最後にずんっと子宮口を突きあげると、

「はっ、はぁあうううううーっ！」

甲高い悲鳴をあげて四つん這いの腰を反らせた。ぶるっ、ぶるるっ、と淫らがましく身震いし、巨尻を波打たせて結合の歓喜を嚙みしめた。

（これが……これがバックスタイルか……）

勇作もハアハアと息を荒らげながら、結合の歓喜を噛みしめていた。

獣の交接を思わせるその体位は、牡の本能をしたたかに刺激した。三十路の人妻がアヌスまで丸見えの状態で四つん這いになり、それを組み伏している実感が男としての自信を与えてくれるようだった。しかも、巨尻をつかんだ両手に力をこめ、左右に割りひろげていけば、結合部そのものまで丸見えになる。

「むうう……」

ゆっくりと男根を抜いていくと、アーモンドピンクの花びらが肉竿に吸いつき、涎を垂らしている様子までつぶさに見えた。もう一度男根を埋めこんでいけば、花びらが穴の奥に巻きこまれていく。

再び子宮口をずんっと突きあげると、

「あああっ……はぁあああああっ……」

久仁香はシーツを掻き毟《むし》り、豊満な尻肉を悩殺的に波打たせた。

「お、大きいっ……なんて大きなオチ×チンなのおおおーっ！」

もう我慢できないとばかりに巨尻を揺らめかせ、性器と性器が、ずちゅっ、とこすれあった。勇作も我慢できなくなり、腰を使いはじめた。初めての体位なのでぎこちない動きだったが、抜いては差し、差しては抜いた。

「はぁうううっ……はぁうううっ……」

悶える久仁香の腰をつかみ、さらにぐいぐいと律動を送りこんでいく。たっぷりした尻肉が、パンパンッ、パンパンッ、と乾いた音をたてる。

なるほど……。

女のウエストがくびれているのは、バックスタイルで男がここをつかむためなのではないか、と思った。くびれをつかんだ瞬間、それほど劇的に抜き差しが楽になった。

「はぁうううっ！　いいっ！　いいわあっ……」

怒濤《どとう》の連打を浴びた久仁香は、みずからも動きはじめた。巨尻をぶるんっ、ぶるんっ、と左右に振りたてて、勇作の抜き差しを迎え撃った。勇作の直線的な出し入れに横の運動が加わり、密着感が倍増していく。密着するほどに、濡れまみれた蜜壺中の肉ひだがざわめき、ペニスにまつわりついてくる。

「むううっ……むううっ……」

勇作は息をとめて連打を送りこんだ。まつわりついてくる肉ひだを、カリのくびれで逆撫《さかな》でした。肉ひだも負けじとまつわりつき、恐ろしいほどの吸着力を見せつける。突けば突くほど、奥へ奥へと引きずりこもうとする。

たまらなかった。

勇作は夢中になって腰を使いながら、両手を上体にすべらせては乳房を揉み、下肢に戻してはナイロン皮膜に包まれた太腿を撫でさすった。正常位と比べて体の密着感が薄い体位だが、そうしていると全身で女体を味わえる。女体をむさぼっている実感がたしかにある。

(むむむっ、まずい……)

夢中になるあまり、性急に射精の予感が迫ってきてしまった。

「……ねえ?」

そのとき、久仁香が振り返った。銀縁メガネの奥で瞳を歓喜に潤みきらせながら、あわあわと唇をわななかせた。

「お、お願いがあるんだけど……」

「なんでしょうか?」

勇作はこみあげる射精欲をぐっと堪《こら》えて問い返した。

「お尻にっ……お尻の穴に指をっ……指を入れてくださらない?」

「はあっ?」

勇作は仰天したが、腰の動きはとまらない。ぬんちゃっ、ぬんちゃっ、と律動を送りこみながら、困った顔で首をかしげる。

「ねえ、入れてっ……そうしたら、あなたももっと気持ちよくなるはずだからっ……ああっ、お願いだからっ……」

「……わかりました」

普段なら、とてもふたつ返事でうなずけなかっただろう。勇作の性癖はごくノーマルで、変態的な趣味はない。セックスとは関係ない排泄器官をいじることに躊躇《ちゅうちょ》がないはずはなかったが、頭が興奮しきっていて、よけいなことを考えられなかった。どういう目的でそんなことを求めているのか問い質《ただ》す余裕すらないまま、三十路の人妻の淫らな哀願を受けいれた。

「むううっ……むううっ……」

ぐいぐいと腰を使いながら、右手の人差し指で久仁香のアヌスをまさぐった。女のくせにまわりに繊毛が生えている、獣じみた排泄器官だ。その繊毛が発情のエキスにまみれている感触にぞくぞくしながら、勇作はアヌスの細かい皺《しわ》を撫でた。前の穴が漏らした粘液で、すぼまりに水たまりができるほど濡れていた。まるで指を挿入するための潤滑油《じゅんかつゆ》のようだった。

「いいんですか？　本当に入れちゃっていいんですか？」

「ああっ、お願いっ……お願いしますううううっ……」

切迫しきった久仁香の声に背中を押され、勇作はぬぷりと指先をアヌスに沈めた。意外に抵抗感が薄かったので、ぬぷぬぷと第二関節まで入れていく。

「はっ、はぁあおおおおおおおーっ！」

久仁香が獣じみた悲鳴を放つ。

「いいっ！　いいわっ！　ああっ、もっとしてっ！　ぐりぐり掻き混ぜてえええええっ！」

絶叫する声がワンオクターブあがり、耳からうなじまでみるみる生々しいピンク色に上気していった。しかし、変化はそれだけではなかった。男根を咥えこんだ蜜壺が、ぎゅうっと収縮した。恐ろしいくらいの力で、勃起しきったペニスを食い締めてきた。

「おおおおおっ……」

勇作は驚愕《きようがく》に声をもらしながら、腰を振りたてた。どういう理屈なのかはわからないが、アヌスをいじるほどに蜜壺が締まる。肉洞全体が蛇腹《じやばら》のように波打ちながら、したたかに締めつけてくる。

（ちぎれる……チ×ポが食いちぎれちゃうよ……）

あまりの快感に、頭の中が真っ白になった。だが、おのが男根は頼もしく、食いちぎられるどころかさらにみなぎって割れ目を押しひろげ、一体感だけがどこまでも増していく。

「おおおっ……おおおおっ……」

ぎゅっと眼をつぶると眼尻に歓喜の熱い涙があふれ、全身が射精の予感でガクガクと震えだした。全身が紅蓮《ぐれん》の炎に包まれたように熱くなり、フィニッシュの連打を開始する。ずちょっ、ぐちょっ、と湿り気を帯びた肉ずれ音と、パンパンッ、パンパンッ、と尻をはじく乾いた音をデュエットさせる。

「はっ、はぁおおおおおおおおおーっ！」

久仁香が甲高い声をあげ、ちぎれんばかりに首を振った。

「いいっ！　いいっ！　イッちゃうっ……もうイッちゃうっ……イクイクイクイクイクッ……はぁおおおおおおおおおーっ！」

アクメに達した蜜壺がひときわ痛烈にペニスを食い締めてきて、勇作にも限界が訪れた。

「おおおおっ……出ますっ……こっちも出ますっ……おおおおううううーっ！」

雄叫びをあげ、最後の一打を打ちこんだ。ぐらぐらと煮えたぎる欲望のエキスがドピュッと噴射し、ドクンッドクンッとペニスが暴れだす。

「はぁあああっ……はぁあああっ……」

「おぉおおおっ……おぉおおおっ……」

歓喜に歪んだ声を重ね、身をよじりあった。長々と続いた射精の間、ふたりは一対の獣と化した。性器と性器をしたたかにこすりつけあい、肉の悦びだけをいつまでも貪欲にむさぼりつづけた。

第四章　させてあげる

1

（……んっ？　なんだ、外が暗いぞ……おいおい、嘘だろ……もう夜の七時じゃないかよ……）

勇作は枕元の時計を見るなり、あわてて飛び起きた。

昼寝を始めたのが午後三時。ほんの三十分だけのつもりでベッドに横になったのに、三時間以上も寝てしまったらしい。

今日は由麻が沖縄から帰ってくる日だ。

それまでに念入りに部屋を掃除して浮気の痕跡を消そうと思っていたのに、おのれのだらしなさに腹が立つ。

洗面所に向かい、冷水で顔を洗った。眼は覚めてくれたけれど、鏡に映った自分の顔にギョッとしてしまう。

眼の下に真っ黒い隈《くま》ができていた。

それもそのはずだ。

貴子がセックス指南のために送りこんできた女は、久仁香だけにとどまらなかった。三日間の間につごう五人もの女が、入れ替わり立ち替わりこの部屋にやってきたのである。

三十代から四十代前半の熟女ばかりで、主婦だったりOLだったりパートだったり、職種もいろいろなら、顔やスタイルもバラバラだったけれど、全員が驚くほどすけべだった。すけべの上に「ど」を三つくらいつけたくなるほど、欲求不満をもてあましていた。こちらがたじろぐほどの熱意を発揮して女体の悦ばせ方を教えてくれ、みずからもあられもなく愉悦に溺れきって、つい最近まで童貞だった二十二歳の、スキルアップに貢献してくれた。

(それにしてもみんな獣だったよ……女は年をとると獣になるんだな……)

鏡に映った眼の下の隈を眺めるほどに、五人の熟女たちの淫らに乱れる姿が走《そう》馬灯《まとう》のように脳裏を流れていく。

いささかエッチなところがあり、いささか大胆すぎるようにも思えた由麻だけれど、彼女たちに比べればまだネンネもネンネ。セックスで女が得られる快感のとば口しか味わっていないのではないかとさえ思ってしまった。逆に言えば、まだ無限に近い伸び代《しろ》があるかもしれず、勇作に課せられた使命は、それを開発することだった。

（つまり、由麻ちゃんにも……潮を噴かせたり、バックでやりながらお尻の穴に指を突っこまなくちゃいけないわけか……）

勇作は自分の指を眺めて、ぞくっと背筋を震わせた。

その場面を想像すると、息苦しいほどの興奮を覚えると同時に、なんだか空恐ろしくもなってくる。あの可愛い由麻にそんなことを覚えさせるのは、ひどく罪深いことに思えた。いくら女の色気を磨くためとはいえ、そこまでしてしまって本当にいいのだろうか。

しかし、使命は使命である。

由麻に生活の面倒を見てもらっている以上、彼女の人気度アップに貢献することは、使命どころか義務かもしれない。

潮噴きやアナル指入れはともかく、まずは奉仕してもらうセックスをやめることである。女を感じさせる悦びに目覚めた勇作にとって、由麻をリードしてオルガスムスに導くことは、この三日間、夢にまで見た念願だった。由麻が帰ってきたら、まずはそこから始めてみよう。

そのとき、携帯電話がメールの受信音を鳴らした。

貴子からだった。

『撮影、無事に終わったみたい。八時には事務所に戻ってくるらしいから、そっちに帰るのは九時ごろかしらね。くれぐれも浮気の痕跡だけは消しておくように。そうそう、あなたを養うプレッシャーからかしら。由麻、ずいぶん撮影で頑張ってくれたみたいよ。まあ、まだまだ色気は足りないけど……』

メールには一枚の写真が添付されていた。

それを見た瞬間、

「うおおおおおーっ！」

勇作は思わず声をあげて眼を剥いてしまった。

沖縄で撮影されたばかりらしきその写真は、由麻が青空の下で水着姿を披露していた。いや、正確には水着ではない。

着エロの世界では、乳房をブラジャーの代わりに手で隠すことを「手《て》ブラ」と呼んでいるが、由麻は乳首を二本の指だけで隠していた。言ってみれば「指《ゆび》ブラ」である。

さらに、股間に食いこんでいるのは、パンティではなく白い褌《ふんどし》だった。しかも、腰紐がいまにもすべり落ちそうな状態であり、由麻はいつものように健康的な笑顔を浮かべているけれど、尋常ではないエロさである。

（嘘だろ……ここまでやらされてるってことは……）

写真に写っていなくても、撮影スタッフには乳首が見えているのではないだろうか？　この写真を撮った直後、褌の腰紐が波にさらわれて、ハート形の恥毛まで太陽の下にさらけだされてしまったのではないか？

（いやいや、それどころか……）

根が健康的な由麻とはいえ、こんな恥ずかしい格好で撮影をしていれば、むらむらしてしまうことだってあるかもしれない。撮影終了後は、南国の熱い夜だ。火照《ほて》った体を冷やそうと甘いカクテルでも飲んでみれば、ますます体が火照って刺激が欲しくなり、悪い男のいけない誘いに乗ってしまうかもしれない。

（だいたい、俺は昔から思ってたんだ……）

携帯電話を持つ手が震える。

グラビアのカメラマンであれ、着エロDVDのスタッフであれ、そんなことを生業《なりわい》にしている男は、どすけべ野郎に決まっているのだ。三度の飯《めし》より女が好きで、女を抱かねば夜を越せない好事家《こうずか》どもの集まりに違いない。そんな連中と二泊三日も同じホテルに泊まるなんて、猛獣の檻にいたいけな少女を放りこむようなものではないか。夜這《よば》いの恐れとか、ないのだろうか？

「ちくしょう……ちくしょう……」

勇作は男泣きにむせび泣いた。泣きながら、貴子のメールにあったひと言に、鋭く胸をえぐられた。

「あなたを養うプレッシャーかしら……」

そうなのだ。由麻が恥ずかしい仕事に精を出し、サービス過剰なことをしているのも、外出恐怖症の恋人の存在が大きいに違いない。そう思うとよけいに泣けた。無能なお荷物である自分自身に、泣けて泣けてしかたがなかった。

2

「ただいまーっ！」

いつものように元気よく、由麻が帰ってきた。

「ああ、おかえり」

勇作は涼しい顔で出迎えた。直前まで汗にまみれて部屋や風呂場を掃除していたので息があがっていたが、そんなことはおくびにも出すわけにいかない。

「ああっ、もう疲れちゃったよー」

由麻は玄関で靴を脱ぐなり、ダダッとベッドまで駆けてダイブした。むちむちした体をバウンドさせて枕を抱きしめ、

「やあんっ、やっぱりうちはいいなあ。ここがいちばん落ち着くよ」

枕に頰をこすりつけてうっとりとつぶやく。仔犬のようにベッドの上で体を回転させては満面の笑みを浮かべ、仰向けになって体をバウンドさせると、Tシャツを砲弾状に盛りあげている巨乳がユッサユッサと揺れはずんだ。

（可愛いなあ、もう……）

勇作は由麻の様子に眼を細めた。久しぶりに顔を合わせたせいか、あるいはセックス指南の相手が熟女ばかりだったからか、由麻の若さがまぶしかった。輝くような笑顔を向けられると、胸の鼓動が急速に高まっていく。

「楽しかったかい、沖縄は？」

勇作はとぼけた顔で訊ねた。

「こっちと違って、向こうはもう夏だろ？　海で泳げるんじゃないか？」

「アハハッ、知らない。泳げるかもしれないけど、わたしは海なんか行く暇なか

ったもん。朝から晩まで仕事ばっかり」

由麻はシレッとした顔で答えた。貴子によれば由麻に演技の才能はないということだが、なかなか堂に入った嘘つきぶりである。

(なんだよ。後ろめたいことがあるんだろう？　少しは戸惑ったり、気まずい顔したっていいじゃないかよ……)

勇作は胸底で舌打ちした。貴子からのメールに添付されていた、指ブラに褌の写真が、まだ脳裏に生々しく焼きついている。

「仕事なんて夜には終わるじゃないか？」

嫉妬にまみれた苛立ちのせいで、嫌味が口をついてしまった。

「正直に言えよ。スタッフなんかと夜遊びに繰りだしたんじゃないのか？　クラブとかバーとか行って、由麻ちゃん可愛いから、ナンパなんかされちゃったりしてさ……」

「なによ」

由麻は体を起こして口をへの字に曲げた。

「どうしてそんな意地悪言うの？　わたしは夜遊びなんてしてません。ナンパだって……」

「いいんだよ、べつに。ナンパくらいされたって……」

勇作は由麻に背中を向け、拗《す》ねた口調で言葉を継いだ。

「俺はどうせこの部屋から出られないんだから、外でなにやってたってわかるわけないもんな。ああ、なにやってたって……」

「もうっ！　なんでそんなに凹《へこ》んでるの？　自分勝手に……」

由麻がベッドからおりて、後ろから抱きついてきた。砲弾状に迫《せ》りだした巨乳がむぎゅっと背中にあたり、勇作の息はとまった。

「わたし……わたし、沖縄なんかより、この部屋のほうが好きだよ……勇作くんがいるこの部屋が……」

背中に頬ずりしながら甘くささやく。

「沖縄じゃね、久しぶりにひとりで寝たから、よく眠れなかった……この部屋の狭いベッドだと、寝てても勇作くんのことを感じられるもの……勇作くんがいないと、由麻もう、安心して眠れないんだから……」

「……由麻ちゃんっ！」

勇作は振り返って由麻を見た。由麻が上目遣いで見つめてくる。暴力的な可愛らしさを発揮しながら、照れたように少し笑う。

「拗《す》ねてると、おみやげあげないから」

「おみやげ？　なに？」

「……ちんすこう」

由麻は勇作から眼をそらし、ふっくらした頬を赤く染めた。

「エッチな名前だよね、ちんすこうなんて。わたし、空港の売店で買いながら真っ赤になっちゃった」

「……馬鹿だなあ」

勇作は苦笑したが、由麻が売店でちんすこうを買っているところを想像すると、たしかにドキドキしてしまった。

「でも、ちんすこうってお菓子だろ？　まさか、お菓子買いながらエッチなこと考えちゃったのかよ？」

「……考えちゃった」

照れ隠しに突き放した口調で言ったが、
由麻はねっとりした上目遣いで、勇作にしがみついてきた。先ほど背中にあたっていた巨乳が、今度は胸板にむぎゅっとあたる。

「今日はひとりで寝なくていいんだって思ったら……勇作くんとエッチできるっ

て思ったら、わたし……」

キスをねだるように眼を細め、半開きの口を差しだしてくる。

（か、可愛すぎる……）

勇作は眩暈《めまい》にも似た陶酔感を覚えた。やっぱり自分は、彼女のことを好きなのだ。セックス指南で体を重ねた熟女たちには、こんな気持ちは抱けなかった。

由麻の言葉は嘘にまみれていた。

沖縄にはセレクトショップの支店の手伝いに行ったわけではなく、着エロ・グラビアとDVDの撮影に行ったのであり、海にだって入っている。もしかすると、手ブラに褌以上のきわどいことだってしたかもしれず、夜遊びだってエンジョイしてきたかもしれない。

しかし、そんなことはもうどうでもよかった。

この部屋に帰ってきてくれ、腕の中にいてくれること以上に、彼女になにを望めばいいのだろうか？　それにしたって罪滅ぼしのつもりであり、同情だけで恋人を演じ、体を捧げてくれているのかもしれないけれど、たとえそうであったとしても、責めることなどとてもできない。

これほど可愛い女の子に、かまってもらえるだけで幸せだからだ。たいしていいこともなかった二十二年間の人生で、由麻と過ごす時間だけがまぶしいほどの輝きを帯びているからだ。

「……ねえ、早くキスして」

由麻にねだられ、勇作は唇を重ねた。チュッチュと音をたてた、ついばむような軽いキスから、やがて深い口づけに変わっていく。

「ぅんんっ……ぅんんんっ……」

由麻の可憐な鼻息につられ、
勇作の鼻息も荒くなっていく。

「むうっ……むむむっ……」

三日ぶりに味わった由麻とのキスは、たとえようもなく甘美だった。ぬるりと舌を差しだせば、どこまでもつるつるした舌が迎えてくれた。吐息と吐息をぶつけあい、唾液と唾液を混じりあわせた。

欲情がこみあげてくる。春のお花畑のような幸福感を胸に抱きつつも、それを凌駕《りょうが》する勢いで、淫らな欲望が股間をもっこりとふくらませていく。

「……あっ」

気づいた由麻が、キスをといて眼を丸くした。

「勇作くんのちんすこう、大きくなってきた」

天使のような微笑みを浮かべながら、オヤジギャグのようなジョークを飛ばすのだから、本当に不思議な女の子だ。

「ねえ、エッチしよう……」

由麻は、オモチャを買ってとねだる少女のように勇作の腕を揺さぶった。

「勇作くんのちんすこう、いっぱい舐めてあげるから、ベッドに行こう……」

「あっ、いやっ……」

勇作は気まずげに顔をしかめた。もちろん、このままメイクラブになだれこむことに異論はない。しかし今日は、自分が積極的にリードし、由麻を感じさせなければならないのだ。そうでなければ貴子に骨を折ってもらった意味がない。

「どうしたの？　エッチしたくない？　そんなことないよね？」

由麻はせつなげに眉根を寄せながら、下腹部を勇作の股間に押しつけてきた。むちむちしたボディに男のテントを押され、勇作は眼を白黒させたが、

「むむむっ……いや、その、あの……」

必死になって言葉を継いだ。

「まずは一緒に風呂に入らないか？　由麻ちゃん、旅帰りで疲れてるだろうと思

って、お湯を溜めてあるんだ。たまには俺が背中を流してあげるからさ……」

「ホント？」

由麻はつぶらな瞳をキラキラと輝かせた。

「それじゃあ、由麻も勇作くんの背中を流してあげるよ。洗いっこして、イチャイチャしよう！　ふふっ、エッチはあとのお楽しみね」

勇作の背中にまわりこんできて、「よいしょ、よいしょ」とバスルームのほうに押していく。

（負けちゃダメだ……負けちゃダメだぞ……）

勇作は思わず緩《ゆる》みそうになる頬を、必死になって引き締めた。

由麻に背中を流されてしまったら、その後の展開はだいたい想像がつく。すべてを由麻に任せきり、いままでどおり、マグロになって一方的に奉仕を受けている自分の姿が眼に浮かんでくる。

まずはイニシアチブを握ることだった。セックス修行の成果を存分に発揮するために、まずはこちらが先に体を洗ってあげ、そのどさくさで性感を刺激して、由麻を骨抜きにしてしまうのだ。

3

「お湯、熱くないかい？」

勇作はシャワーの温度を確認しつつ、由麻の背中のシャボンを流した。

「うん、大丈夫」

由麻はうなずき、

「でも、珍しいね。勇作くんがわたしの体を洗ってくれるなんて」

「いままでは、ちょっと由麻ちゃんに甘えすぎてたからさ。これからは俺もいろんなことをしてあげるよ……はい、前向いて」

勇作はシャワーをとめて背中を叩いた。

「嬉しいな……」

由麻は椅子の上で尻をのろのろと回転させ、勇作のほうを向いた。

「嬉しいけど……恥ずかしい……照れるっていうか……」

可愛い童顔をピンク色に染めながら、体を丸めていく。太腿もぴったりと閉じあわせて、着エロ用に処理したハート形の薄い恥毛を隠してしまう。

「ハハッ、ダメだよ。それじゃあ、洗えないじゃないか……」

勇作は苦笑をもらしつつ、由麻の腕からスポンジで洗いはじめた。苦笑しながらも、股間のイチモツはビクビクと跳ねている。久しぶりに見た若々しい巨乳の迫力に、おっぱい好きの血が騒いでしかたない。

「ほら、ちゃんと洗わせてくれよ」

勇作はスポンジを置いてボディソープを直接手に取った。そしてその手を、ボリューム満点の双乳に伸ばしていく。

「やんっ！」

ふくらみの裾野《すその》にぬるりと触れると、由麻の背中はますます丸まった。

「ダメだよ、ちゃんと洗わせて」

勇作は淡々とした口調で言いつつも、シャボンにまみれた両手をねちっこく動かしていく。裾野から胸元へ、乳首を中心に円を描くように、ぬるり、ぬるり、と手指をすべらせた。由麻の乳房は巨乳のくせに敏感だから、淡いピンク色をした乳首が触《さわ》る前からみるみる物欲しげに尖《とが》っていった。

「どうしたんだよ？　乳首が勃《た》ってきたじゃないか」

左右同時にちょんと突くと、

「ああんっ！」

由麻はビクンとして声をあげた。

「ハハハッ、体を洗ってるだけで、エッチな声まで出ちゃうのかい？」

勇作は内心でほくそ笑みながら、再び円を描くように胸のふくらみを洗いはじめた。由麻の顔には戸惑いが浮かんでいた。体を洗うふりをしつつも、勇作の手指は的確に性感を刺激している。由麻が沖縄に行っている間に熟女たちとまぐわったことで、手つきからしていままでとは全然違うはずだった。

「そんなに体を丸めるなよ、ちゃんと胸を張って……」

言いながら、首筋も泡にまみれさせていく。風呂に入るため、由麻の栗色の髪は束ねられていたから、細首を思う存分撫でまわすことができる。

「やんっ！　くすぐったいっ……くすぐったいよっ……」

由麻は身をよじりながら顔を真っ赤に染めていく。

勇作は存分に首筋を愛撫してから、腋の下にぬるりと手指を差しこんだ。

「ああんっ！」

悶《もだ》える由麻をいなしながら、指を躍らせてぞりぞりする腋毛の処理跡をまさぐり、手のひらを下にすべらせていく。脇腹からウエストへ流れる、女らしいS字のカーブがたまらなく悩ましい。

「なんか……なんか、変な気持ちになってきちゃったよ……」

由麻がハアハアと息をはずませながら言った。

「勇作くんの手つき……今日はなんだかすっごくエッチ……ううん、エッチっていうか、いやらしい……」

「ハハッ、べつにいやらしくないさ。エッチはベッドに行ってからのお楽しみって、さっき自分で言ってたじゃないか」

勇作はこみあげる興奮をぐっとこらえて、涼しい顔でささやいた。

「ほら、脚をひろげて」

「ああっ、いやあ……」

ぐいっと両脚をひろげると、由麻は泣きそうな顔になった。必死になって太腿を閉じようとしたが、男の力には敵《かな》わない。プラスチックの風呂椅子の上でM字開脚を披露させるのに、さして時間はかからなかった。

「いやよっ……ひろげないでっ……見ないでっ……」

「なに照れてるんだよ?」

勇作は苦笑をもらしつつ、着エロ・モデルらしく極薄のハート形に手入れされた草むらを眺めた。

「いつも見せてるところなんだから、そんなに恥ずかしがることないだろ。いつも俺をまたいで腰使ってるんだから……」

「でもぉ……でもぉ……」

由麻はリンゴのように赤くなった双頰を両手で包み、いやいやと首を振る。

「それはベッドの上のことだし……こんなに明るいところじゃないし……」

「俺からはいつも見えてるから、気にすんなよ」

勇作は両手にボディソープを取って、太腿の付け根からマッサージするように揉みしだいていった。ゴム鞠《まり》のようにむちむちと張りつめた太腿をじっくりと揉みこんでから、膝からふくらはぎ、さらには足指まで丁寧《ていねい》に洗っていく。

「んんんっ！　くぅううっ……」

指の股でぬるぬると指をすべらせると、由麻はせつなげにきゅっと眉根を寄せた。どうやら、ここに性感帯があるらしい。逆の脚も太腿からふくらはぎまで同じように揉み洗いし、指の股はしつこいほど丁寧に磨きあげてやる。

「ねえ、もういいよ、勇作くん……」

由麻はほとんど息も絶え絶えの様子で言った。つぶらな瞳を潤みきらせたその表情に、勇作はぞくっとするほど色気を感じた。

「もういから……今度は由麻が洗ってあげるから……」

「ダメダメ、肝心な部分をまだ洗ってないじゃないか」

勇作は由麻の腕を取って立ちあがらせ、湯船の縁に両手をつかせた。腰を曲げて尻を突きださせ、いわゆる立ちバックのポーズをとらせた。

「なに？　なにをするの……」

由麻は焦った顔を向けてきたが、

「椅子に座ったままだと、両脚の間を洗うことができないだろ」

勇作はかまわず尻の桃割れに指をすべりこませていく。女の割れ目の両サイドを、シャボンをすべらせて撫であげてやると、

「あうううっ！」

由麻は鋭い悲鳴をあげ、丸々とした桃尻をぶるぶると震わせた。

勇作は由麻の背後にしゃがみこみ、尻の双丘にあらためて両手をあてがった。乳房を愛撫したときのように、ぬるり、ぬるり、と手のひらをすべらせた。

（ふふっ、いい眺めだ……）

時折、桃割れをひろげて奥をのぞきこめば、薄紅色のアヌスから蟻《あり》の門渡《とわた》り、アーモンドピンクの花びらまでが一望でき、ごくりと生唾を呑みこまなければな

らない。

（それにしても、まったく可愛いお尻の穴だな……バックで突きながらここに指を入れたら、どうなっちゃうんだろう……）

薄紅色のすぼまりをいじりまわしながら、久仁香をオルガスムスに導いたときのことを思いだした。銀縁メガネを掛けた清楚な美貌はPTAの役員のようなのに、みずからお尻の穴に指を突っこんでくれと哀願してきた淫らな三十路妻。望みを叶えてやると、獣の牝さながらに四つん這いの体をよじらせて、恍惚の彼方にゆき果てていった。

（いや、できない……可愛い由麻にそこまで淫らなことは……）

一瞬、シャボンのぬめりを潤滑油にして指を挿入してみたいという衝動に駆られたが、必死になって我慢する。

「やめて、勇作くん……」

由麻が眉根を寄せた痛切な顔で振り返った。

「変なところ……変なところ触らないで……」

「変なところじゃないって。ここもしっかり洗わないといけないんだぞ」

勇作はアヌスの細かい皺を一本一本伸ばすように指を使った。

「いやらしいよ……今日の勇作くん、いつもと違っていやらしすぎるよ……」

おぞましげに身をよじる由麻の桃割れを、勇作はなおもいじりつづけた。アヌスから蟻の門渡りへ、そしてくにゃくにゃした花びらへ。

「くぅぅぅっ……ううううっ……」

アヌスをいじられていたときはおぞましげだった由麻の反応も、指が花びらに移動すると悩ましいものへと変わっていった。ひらひらと泳ぐ指の動きに合わせて、腰が動き、尻が揺れる。みるみる呼吸が切迫して、勇作の指が肉の合わせ目をさすりだすと、両耳が真っ赤に染まっていった。

「ここは念入りに洗ってあげるからね、由麻ちゃん……」

勇作がねちっこい指の動きで、クリトリスをいじり転がすと、

「はぁあああーっ！　あぁあああああーっ！」

由麻は狭いバスルーム中に艶《あで》やかな悲鳴を轟《とどろ》かせ、肉づきのいいお尻と太腿をぶるぶると震わせるばかりになった。

4

勇作は三十分以上時間をかけて、じっくりと由麻の陰部を愛撫した。

貴子の教えを忠実に実行し、真綿で首をじわじわ絞めあげていくように、いちばん敏感なクリトリスだけに刺激を集中させず、花びらやそのまわり、ヴィーナスの丘からアヌス、あるいは尻丘や内腿まで、縦横無尽に愛撫を執拗《しつよう》に繰りかえした。

「ああっ！　もう許して、勇作くんっ……由麻、おかしくなるっ……気持ちよすぎて、おかしくなっちゃうよおおおっ……」

由麻は哀願を繰りかえしながら身をよじり、大量の女汁を割れ目からあふれさせた。塗りたくった泡が流れてしまいそうなほどだった。最終的には全身から噴きだした発情の汗が、体中のシャボンをすっかり流すような勢いにまで、肉づきのいいむちむちボディを火照《ほて》りきらせた。

「よーし、それじゃあそろそろベッドに行こうか……」

勇作の全身も、バスルームにこもった熱気と興奮で汗にまみれていた。お互いの体に手早くシャワーの湯をかけて、部屋に戻っていく。

「あああああっ……」

由麻はふらついた足取りでベッドに倒れこんだ。うつぶせの状態で髪をまとめたヘアゴムをはずすこともできないまま、激しくはずむ呼吸を整えた。耳や首筋はもちろん、背中や丸いお尻まで、生々しいピンク色に染まりきっていた。

（たまらないよ、もう……）

勇作は由麻の裸身を眺めながら、こみあげてくる欲情を嚙みしめた。

手応えは充分だった。

バスルームでの愛撫で、由麻は何度もアクメに達しそうになっていた。そのたびに勇作は刺激のポイントを変え、けっしてイカせはしなかったが、このまま続けていれば指だけで絶頂に導けると確信したことが、三度か四度はあった。これもすべて、貴子や久仁香をはじめとした、セックス指南をしてくれた熟女たちのおかげだろう。いくら感謝しても足りないが、いまはそんなことを言っている場合ではない。

由麻に呼吸を整える時間を与えてはいけなかった。まだまだもっと感じさせるのだ。勇作は体の汗を拭う暇すらもどかしく、ベッドにあがって由麻に身を寄せていった。

「由麻ちゃん……」

「勇作くん……」

由麻が体を横にしてしがみついてくる。

「すっごい気持ちよかったよ……でも、どうして今日に限って、あんなに積極的だったの？　今度は由麻が……ぅんんんっ！」

勇作は由麻の唇をキスで塞いだ。いつものように上から覆い被さってこようとしたからだ。あれだけ感じさせ、まだ呼吸も充分に整っていないのに、見上げた奉仕精神だったが、ここまできてイニシアチブを渡すわけにはいかない。

「ぅんんっ……ぅんんんっ……」

由麻に鼻奥で悶えさせながら、勇作はむさぼるように口を吸った。サクランボによく似ている、ぷりぷりした下唇を口に含んで舐めまわし、舌を吸いだしてはしゃぶりまわした。

そうしつつ、乳房に手を伸ばしていく。

バスルームの立ちバックの体勢では充分に愛撫できなかった垂涎《すいぜん》の巨乳を、裾野からやわやわと揉みしだき、プルプル、プルプル、と小刻みに揺らしてやる。

（やっぱり……やっぱり、由麻ちゃんのおっぱいは最高だよ……）

思わず手指に力がこもりそうになるのを、こらえるのが大変だった。熟女の柔らかい乳房もいいが、やはり巨乳は若々しく張りつめていたほうがいい。揉まれながら眉根を寄せる可愛い童顔も、巨乳を責める興奮に拍車をかける。焦ってはいけないとわかっても、乳肉を揉む手に力がこもってしまう。

「あぁんっ！　熱いよっ……熱いよ勇作くんっ！」

類《たぐ》い希《まれ》な巨乳をぐいぐいと揉みしだかれながら、由麻は悶えた。勇作も揉みながら手のひらに熱を感じていた。乳房の表面に噴きだした新鮮な生汗と、手のひらにじっとりかいた汗がまじりあい、ぬるぬるすべってしょうがなかった。

しかし、由麻が本当に熱いのは乳肉ではないだろう。

燃えているのはたぶん、ふくらみの先端でピーンと尖りきっている乳首のほうだ。淡いピンクが深紅になるほど硬くなり、白い乳丘の頂点でロウソクの炎のように燃え盛っている。

「むうっ……」

勇作はついにこらえきれなくなり、由麻のお腹にまたがって、乳首に口を近づけた。しかし、貴子の教えを忘れたわけではない。まずはまわりの乳暈《にゅううん》から、チロチロ、チロチロ、と舌先でくすぐった。それから乳首の側面だ。こちらも触れるか触れないかのぎりぎりのタッチで、くすぐるようにチロチロする。そうしつつも、両手では乳肉を揉み倒している。乳首とは反対に、たっぷりと豊満な肉丘をむぎゅむぎゅと揉みくちゃにしてやる。

「あああっ……はぁあああっ……はぁあううう―っ！」

由麻は背中を反らせたり、首を振ったり、むずがるように悶えた。いつも勇作に奉仕してくれる彼女が、ここまで激しい悶え方を見せたのは初めてだった。そしてその姿が、勇作の興奮も煽《あお》りたてる。まるで由麻を支配しているような全能感が牡の本能を刺激し、もっと感じさせてやりたくなる。

（こんなことしたら、どうだ……）

左右の乳首とも唾液にまみれさせると、片方をチュパチュパ吸いながら、もう片方を指でくりくりと転がした。グミ状に硬くなった乳首を、指で挟んでプッンとはじくと、由麻はことさら感じるようで足までじたばたさせる。

「ねえ、よすぎるよ、勇作くんっ！　そんなにしたらイッちゃうっ……おっぱいだけで、由麻、イッちゃうよおおおおーっ！」

可愛い童顔をくしゃくしゃにして、切羽《せっぱ》つまった声をあげたので、

「むむっ……」

勇作はあわてて愛撫を中断した。女が乳房への愛撫だけでアクメに達するものなのか、付焼刃《つけやきば》の経験しかない勇作にはわからなかったけれど、いま達してもらっては困るのも、また事実だった。

どうせなら、ひとつになった状態でオルガスムスに導きたい。正常位でしっかり抱きしめながら、可愛い彼女と恍惚《こうこつ》を分かちあいたい。

「……ちょうだい」

由麻が欲情に蕩《とろ》けきった顔でささやいた。

「もう欲しい……勇作くんが……わたしが上になる？」

「いや……」

勇作は首を横に振って、体を後ろにずらしていった。ぴったりと閉じあわされた肉づきのいい太腿を見て息を呑み、左右に割った。剝きだしにされたアーモンドピンクの花びらに身震いしながら、勃起しきった男根を女の割れ目にあてがっていく。

「……初めてだね？」

由麻が震える声でささやく。

「勇作くんが上になってしてくれるの、初めて……あああっ……」

性器と性器がぬるりとこすれあい、言葉が続かなかった。

「いくよ……」

勇作がささやくと、由麻は小さく顎《あご》を引いてうなずいた。頰がひどくひきつっているのは、勇作のリードに不安を覚えているからか、それとも、結合に期待しているからか……。

「むうっ！」

勇作はぐっと腰を前に送りだした。アーモンドピンクの花びらをめくりあげ、赤黒く膨張した亀頭を女の割れ目に沈めこんだ。

「んんんんんーっ！」

由麻が悶え声をあげてのけぞり、両手を伸ばしてくる。勇作は応えるように上体を被せ、むちむちのボディを抱きしめた。そしてさらに奥を目指した。しつこいまでに続けた前戯《ぜんぎ》の成果だろう、由麻の蜜壺は奥の奥までびしょ濡れだった。ぴちぴちした新鮮な肉ひだを掻き分けるようにして侵入していき、渾身《こんしん》の力をこめて、勢いよく子宮口を突きあげた。

「んあああああーっ！」

ずんっ、という衝撃を受け、由麻のしがみつく力が強まる。勇作の腕の中で、釣りあげられたばかりの魚のようにビクビクと跳ねあがる。

（たまらないよ……）

騎乗位とは違う深い結合感に、勇作はただ挿入しただけで身震いがとまらなくなってしまった。まるで初めて由麻と体を重ねたような、新鮮な気分だった。

性器と性器だけではなく、全身で密着している感じがたまらない。セックス指南の熟女たちを相手には経験ずみの体位だったが、二十二歳のぴちぴちしたボディは、正常位で抱きしめながら繋がってこそ、その真価を味わい尽くせるのだと思い知らされた。

「ああっ、勇作くんっ……勇作くんっ……」

由麻が口づけを求めてあえぐ。

「むうぅっ……」

勇作は唇を重ねた。そうしつつ、由麻の体をさすりまわした。背中も腕も太腿も、どこを触ってもうっとりするほどの張りと瑞々《みずみず》しさにあふれている。だが、やはりいちばん感動的だったのは、胸のふくらみだった。

「んぐっ……んあああああっ……」

巨乳をむぎゅむぎゅと揉みしだくと、由麻はキスを続けていられなくなり、激しく身をよじった。それが律動の呼び水となり、勇作は腰を動かしはじめた。なるべく長くこの快感を味わっていたかったので、まずは控えめに抜き差ししようとしたが、無理だった。ピストン運動はみるみるフルピッチに高まっていき、汁気の多い蜜壺が、ぐちゅっ、ずちゅっ、と卑猥な音をたてはじめた。

「ああっ、いいっ！　いいよう、勇作くんっ！」

由麻が腕の中でバウンドする。まるで大きなゴム鞠を抱いているような、そんな気分になる。

「ねえ、してっ……もっとしてっ……由麻のこともっと気持ちよくっ……あああああんっ！」

勇作がずんずんと子宮口に連打を送りこむと、由麻は言葉を継げなくなって白い喉《のど》を反らせた。歯を食いしばって首に筋を立てている様子が、たまらなくエロティックだった。

「こうか？　こうか？　こうしたら気持ちいいか？」

最奥に連打を送りこんでは、ゆっくりと抜き、ゆっくりと入れ直していく。抜ける寸前ぎりぎりまで引い抜いて、大きくずんっと突きあげる。

「はっ、はぁうううううーっ！」

由麻がちぎれんばかりに首を振る。髪を束ねていたゴムがはずれ、栗色のセミロングがざんばらに乱れていく。

「いいようっ、勇作くんっ！　今日の勇作くん、とっても硬くて、とっても大きいいいっ……」

由麻は身をよじってよがりながら、「えっ、えっ」と嗚咽《おえつ》をもらしはじめた。よく見ると、ぎゅっと閉じった瞼《まぶた》の奥から、涙があふれていた。歓喜の涙だった。いや、淫らな涙だろうか？　裸になったら獣に変身する熟女たちでも、セックスの途中で泣きだした女はいなかった。

「なに泣いてるんだ？　おいっ、なに泣いてるんだよ？」

ずんずんと最奥をえぐりながら言うと、

「だってっ……だってっ……だって気持ちよすぎるのおおおおーっ！」

由麻は絶叫してガクガクと腰を震わせ、

「ねえ、イッちゃいそうよっ……もうイッちゃいそうよっ……」

涙を流しながらすがるような眼を向けてきた。

「イッてもいい？　わたしが先にイッてもいい？」

「一緒にイこう」

勇作は熱っぽくささやいて、由麻の腰の裏に腕をまわした。しっかりと腰を抱きしめて、女体が宙に浮くほどしたたかに突きあげた。

「はっ、はぁおおおおおおーっ！」

「一緒にイクんだ……おおっ、一緒にっ……一緒にっ……」

うわごとのように言いながら、むさぼるように腰を動かす。興奮に開ききった肉傘で、蜜壺の内側を掻き毟《むし》る。刺激すればするほど肉ひだはカリのくびれにまつわりつき、勇作の腰使いに熱いエネルギーを与えてくれる。呼吸も忘れて腰を振り、恍惚に至る坂道を一気呵成《いっきかせい》に駆けあがっていく。

「ああっ、すごいっ！　すごいよおおおおおおっ……」

由麻が泣きながら叫ぶ。

「こんなの初めてっ！　こんなの初めてっ！　ひとつになったみたいだよおおおっ……オチ×チンとオマ×コが、繋がっちゃったみたいだよおおおっ……」

それは勇作も同じことを感じていた。すさまじい一体感だった。ふたりの体が合体し、ただ腰を振りあうために生きている、ひとつの別の生き物になってしまったみたいだった。

「もうダメッ……もう我慢できないっ……」

由麻が眉根を寄せて小刻みに首を振った。

「もうイクッ……わたし、イッちゃうっ……イクイクイクイクッ……はぁおおおおおおおーっ！」

のけぞった状態でぎゅうっと硬直した五体が、バネが切れたようにはじけた。ビクンッ、ビクンッ、と跳ねあがり、体中の肉という肉をみだらがましく痙攣《けいれん》させた。

「おおおおっ……」

勇作の口からだらしない声がもれる。由麻の五体の痙攣は蜜壺まで及び、鋼鉄のように硬くみなぎった男根をしたたかに食い締めてきた。ぴちぴちした新鮮な肉ひだに締めあげられ、それが射精へのひきがねになった。

「おおおっ……こっちも……こっちも出るっ！」

ずんっ、と最奥を突きあげた瞬間、煮えたぎる熱い粘液が、勢いよく尿道を駆けくだった。ドクンッ、ドクンッ、とマグマのように噴射して、由麻のなかに氾《はん》濫《らん》していった。

「はぁあああああーっ！　はぁああああああーっ！」

蜜壺の中で男根が暴れるほどに、由麻は腰や背中をバウンドさせた。

「おおおっ……おおおおっ……」

勇作はその体をしっかりと抱きしめ、蜜壺のいちばん深いところに男の精を吐きだしつづけた。

会心《かいしん》の射精だった。

男に生まれてきて本当によかった——童貞を失ったときより強く、そう思わずにはいられなかった。

5

「……すごかった」

由麻は天井を見つめてハアハアと息をはずませている。

「でも、びっくりしちゃった……勇作くん、自分からするの好きじゃないのかなって思ってたから……こんなに強引な感じでイカされちゃったの……こんなに気持ちよかったの……わたし、初めて……」

勇作も隣で天井を見上げていたが、言葉を返せなかった。結合をといてから、もう一分以上経っているのに、まだ呼吸が整っていない。頭の中も真っ白の状態で、意味のあることをなにも考えられない。

だがそのとき、ある予感めいたことが脳裏をよぎったことはたしかだった。

由麻をオルガスムスに導き、「こんなの初めて」とまで言わせてなお、それは悪い予感だった。

由麻の表情がそう思わせた。恍惚の衝撃が、顔の表面を覆っていた薄皮を、ぺろりと一枚剝いてしまったような感じだった。

可愛い童顔が、妙に晴れやかにテラテラと輝いていた。いままでの彼女にはなかったはずの、大人の女の艶《あで》やかさや妖しさを感じた。その表情の変化が、勇作の胸を悪い予感にざわめかせたのである。

理由を明確には説明できない。ただ、鎮まることを忘れたように荒ぶる呼吸に往生しながら、正体不明の不安に怯えていたことは、間違いなかった。

そして予感は的中した。

勇作がリードするセックスの虜《とりこ》になった由麻は、それから毎日毎晩求めてくるようになった。由麻がリードしていたときも毎晩のように重なりあっていたけれど、それはあくまで眠りにつく前の儀式のような感じであったのに対し、帰宅するなり濡れた瞳でベッドに誘ってくるようになった。

もちろん、それ自体は悪いことではない。

若い勇作のエネルギーは無尽蔵《むじんぞう》であり、求められなければ自分から求めていたに違いない。由麻を恍惚に導けることが、支配欲にも似た男のプライドを満たしてくれたことも事実であり、日を追うごとに前戯にかける時間は長くなり、放出の瞬間を先送りするために体位を変えることも自然にできるようになっていった。

そんな日々が一週間も続くと、由麻に眼に見えた変化が現れた。

毎晩、三度も四度もオルガスムスに昇りつめることで、はっきりと色気が出て、可愛い童顔がエロティックに輝きだしたのである。

誘うような妖しい眼つきと、半開きになった唇、つやつやと輝く肌の色艶《いろつや》……具体的に言えばそういったことになるけれど、もっと全体的に、全身からピンク色のいやらしいオーラを発している感じだった。

ブログも『エッチな由麻ちんのピンクの部屋』とタイトルが過激になり、日記の文面や写真のチョイスが変貌を遂げた。

「今日は夏に向けて浴衣の撮影！　もちろん、ノーブラにノーパン！　ふふっ、撮影中、なんだかドキドキしてアソコが濡れてきちゃったよ」という露骨な文章に、諸肌《もろはだ》を脱いだ流し目のオフショット。以前のブログの文章は照れくささが見え隠れし、写真もロケ地の風景が多かったから、大変な変わりようだ。

そうなるとファンが寄せるコメントの量も増え、質も熱烈になっていった。

「最近急に色っぽくなりましたね」などというのはまだおとなしいほうで、「由麻ちんの写真を見ていると、一日に三度も四度もオナニーしてしまいます」という眩暈《めまい》を誘うようなことまで書かれ、けれども由麻は「それは光栄です！」と律儀に答える。いや、律儀どころか「それじゃあ、いま撮影してるグラビアだと、五度も六度も抜けるんじゃないかな。やーん、乞うご期待」などと煽情的な言葉まで書き連《つら》ねる。

「ふふっ、まさかこんなにうまくいくとは思ってなかったわ……」

貴子が電話の向こうで言った。高笑いでもあげそうな感じだった。

「やっぱり女を磨いて輝かせるのは充実したセックスなんだって、あらためて思い直しちゃった。なんだか仕事に対する意欲も高まったみたいだし、人気にも火がつきそう。これはブレイクのチャンスよ。わたしも覚悟を決めて、由麻を新しいステージにあげてあげるときなのかもね」

「新しいステージ？」

勇作は訊ねた。

「それは、いったいどういう……」

「ヘアヌード写真集とか……」

貴子の言葉に、勇作の心臓はドキンとひとつ跳ねた。

「まあ、いまは写真集が売れない時代だから、ヘアヌードありのＤＶＤってことになるかしら。それとも、いっそＡＶに出演しちゃうのも手かも。落ち目になってから出るよりも、いま出るほうが話題になるし……」

「ちょ、ちょっと待ってください」

勇作はあわてて言葉を挟んだ。

「ヘアヌードにＡＶなんて、そんな話聞いてないですよ」

「聞いてなくたって、着エロ・モデルの着地点なんて、そんなものでしょ」

貴子は冷ややかに言い、

「人気が出なくて消えていくか、人気が出て最後の一枚を脱ぎ捨てるか、ふたつにひとつなのよ。脱げるってことは売れてるってことだから、それだけで勝ち組なわけ。しかも、由麻ならおっきい花火をあげられるわよ。ドンと打ちあげてパッと咲いてガッポリ儲けて引退できるわね……」

「いや、しかし……」

勇作は苦《にが》りきった声で言った。

「いくらなんでも、そこまでは……」

由麻の人気に少しでも貢献できればという気持ちでセックス修行に励み、彼女の女を磨いた結果が、ヘアヌードにＡＶではやりきれない。可愛い由麻が着エロ写真を撮影されているというだけでもせつない気分になり、ネット上に流れているきわどい着エロ写真を発見しては悶絶しているのに、そんなことになったら悶え死んでしまいそうだ。

「どうしてよ？　いまどきヘアヌードやＡＶくらいでそんなに悲観的になることないじゃないの」

貴子は平然と言ってのけた。彼女自身が元人気ＡＶ女優であり、引退後もモデル事務所の社長として順風満帆《じゅんぷうまんぱん》の生活をしているのだから、それも当然かもしれない。

「人気がブレイクすれば、日本中の男たちが彼女の裸を見てオナニーするわけでしょう？　そんな女の子を毎晩抱けるんだから、男冥利《みょうり》に尽きると思うけど」

「いや、でも……」

「あなたの場合、毎晩抱けるだけじゃなくて、生活の面倒まで見てもらってるのよ。食べさせてもらってるんだから、応援してあげなさいって。彼女にお金が入ってくれれば、あなただって潤うわけだから……」

「ううう……」

勇作は唸ってしまった。逆に言えば、彼女が仕事を失えば、いまの生活は続けていられなくなるのだ。人気が出なくて引退させられるよりは、仕事はあったほうがいい。理屈ではそうかもしれないが、感情がついていけない。

「由麻は……由麻はなんて言ってるんですか？」

震える声を絞りだした。

「由麻もやっぱり、ヘアヌードになったりAVに出演したいって、そう思ってるんでしょうか？」

「覚悟はしてるんじゃないかしら？　きちんと話しあったわけじゃないから、はっきりはわからないけど……売れないまま引退していった先輩をたくさん見てきてるし、それとは逆にチャンスをものにした人だって知ってるし。脱ぐ脱がないの問題じゃなくて、人気稼業で売れないっていうのは、そりゃあもう、みじめなものだからねえ……」

貴子はふうっと息を吐きだすと、声色を明るく変えた。

「でもまあ、心配しないで。うちは悪徳事務所じゃないんで、本人の承諾なしに勝手に話を進めちゃったりすることはないから。やるかやらないかは、あくまで彼女次第ってこと……」

話を終え、貴子は電話を切った。

勇作は呆然としたまま、通話の終わった携帯電話を握りしめることしかできなかった。

（まいったな……）

すべてが由麻の意志で決まるのなら、彼女にやらないでくれと頼めばいいのかもしれない。しかしそれには、由麻が着エロ・モデルであることを知っていたと切りださなければならないだろう。

由麻は自分の仕事を頑《かたく》なに隠そうとしているし、勇作も知らないふりをしている。勇作が実は知っていたとなれば、彼女を深く傷つけてしまうかもしれず、最悪の場合、この部屋から出ていってしまうかもしれない。

そう思うと勇作は、本当にどうしていいかわからなくなってしまった。

第五章　取りあってあげる

1

雨ばかり降る鬱陶《うっとう》しい季節に入った。

部屋から出られない勇作にとっては、雨が降ろうが槍が降ろうが関係ないと言えば関係ないのだが、やはりジメジメした気候は気が滅入る。早くスカッと晴れた夏がやってこないものかと思わずにはいられない。

勇作の部屋に由麻が転がりこんできてから、三カ月ほどの月日が流れた。

最初は「夢のようだ」「由麻さえいてくれれば他にはなにもいらない」と極楽気分を満喫していたが、近ごろはそうとばかりも言っていられなくなってしまった。ともすれば不安に駆られて苛立《いらだ》ったり、ナーバスになって落ちこんでしまうことも少なくなかった。

理由はいくつかある。

ひとつは、由麻の仕事が最近忙しくなってきて、家にいる時間が極端に減ってしまったということだ。

以前は週に二日はとれていた休みがまったくなくなり、いったん家を出れば、帰宅時刻が午前二時、三時になることも珍しくない。他にやることがない勇作は彼女が帰ってくるのを首を長くして待っているのだが、遅くまで仕事をしてきた由麻はくたくたに疲れきっていて、セックスはおろかおしゃべりすらままならない状態だった。着替えもせずにベッドに倒れこんで、そのまま寝息をたててしまうことすらあった。

由麻のブログによれば、「最近、映画やドラマのオーディションを受けまくってまーす」ということらしい。貴子はいよいよ由麻を新しいステージに送りこむ決意を固めたらしく、それがヘアヌードやAVでないことだけは救いだったが、

由麻のブログにはこんなことも書かれていた。

「オーディションではかならず『チャームポイントは？』という質問をされるんだけど、胸を張って『おっぱいです！』って答えちゃいます。『揺らすと、もっとすごいですから！』なんてジャンプしたりすると、失笑が返ってくることもあるけど、やっぱり自分の武器は利用しなくちゃね、うん」

勇作はせつない気持ちで溜息をもらさなければならなかった。

初めて由麻と結ばれたとき、彼女はたしか、自分の胸の大きさを羞じらっていたはずだ。初対面の人間が顔を見ないで胸ばかり見てくることに、プンプン怒っていた。

なのにいまは、コンプレックスとは裏腹に胸の大きさを利用して、オーディションに勝ち残ろうとしている。ふたりきりでいるときはそんなことはまったく感じさせないけれど、由麻でもやはり、人気稼業を生業《なりわい》にする者の業《ごう》を背負っているということなのだろうか。着エロ・モデルから女優にステップアップすることに、執念を燃やしているのか。

（なんだか……由麻ちゃんが、どんどん遠くにいっちゃうみたいだ……）

勇作はまた、彼女に関すること以外にも暗色《あんしょく》の不安を抱えていた。

ほかならぬ自分自身のことである。

外出恐怖症になってすでに三カ月以上が経過しているのに、いっこうに治る気配がなかった。

もちろん、何度となく外出を試みてはいた。ここのところ由麻にかまってもらえないこともあって、毎日のようにチャレンジしている。しかし、ベランダに出るのが限界で、玄関で靴を履き、一歩でも足を踏みだすと、激しい眩暈《めまい》に襲われて、ガクガク、ブルブルと震えだした。あわてて玄関の中に戻っても、その場にしゃがみこんで五分ほど身動きがとれなかった。

なんだか、春先よりも症状が重くなっている気配さえある。

どうせすぐに良くなるだろうと高《たか》を括《くく》っていた過去の自分を殴ってやりたい気分だったが、医者にも匙《さじ》を投げられてしまったのだからどうしようもない。このまま一生外に出られなかったらと思うと、あまりに恐ろしいので努《つと》めて先のことは考えないようにするしかなかった。

そんなある日の朝のことである。

勇作はいつものように、仕事に出ていく由麻を玄関で見送っていた。忙しくなってからTシャツやデニムなどのラフな服装が多かったのに、その日は鮮やかなレモンイエローのミニワンピースを纏《まと》っていた。

しかし、表情のほうはどこか暗く、扉に手をかけてから、

「ねえ、勇作くん……」

妙に思いつめた表情で振り返った。

「毎日毎日家の中にいて退屈じゃない？　わたしも最近なかなか早く帰ってこられないし、ひとりで淋しいでしょ？」

「いや、まあ……」

勇作は唐突な質問に首をかしげ、

「退屈だし淋しいけど……まあ、これぱっかりはしょうがないよ。俺は部屋から出られないし、由麻ちゃんは仕事で忙しいんだから……」

「わたし、考えたんだけど……」

由麻は靴を履くのを途中でやめ、部屋にあがり直して勇作に身を寄せてきた。

「思いきって部屋の模様替えをするっていうのはどうかな？　絨毯《じゅうたん》とかカーテンとかもっと明るいやつに替えて、食卓やソファなんかも新しいの買っちゃったりして……あ、もちろんベッドもね。いまの狭いシングルも好きだけど、この際もっと大きなダブルのやつに……」

「いやあ……」

勇作は苦笑した。

「そんなことしたら、すごいお金がかかるんじゃないの？」

「大丈夫」

由麻は意味ありげな笑みを浮かべた。

「実はわたし、ボーナスが入りそうだから」

「ボーナス？」

勇作が素《す》っ頓狂《とんきよう》な声をあげると、

「ふふっ、馬鹿にしないでよ……」

由麻は得意げな表情で胸を張り、

「セレクトショップの店員にだって、ボーナスくらいあるんだから」

「いや、まあ、あるかもしれないけど……」

「しかもね、わたし最近、毎晩遅くまで頑張ってるじゃない？　それが査定に加算されてかなりたくさん貰えそうなの。社長に直接言われたから、間違いないと思う。だから、ね、部屋の模様替えしよう！」

「あ、ああ……」

勇作が呆然としながらうなずくと、

「じゃあさ、ネットの通販でいろいろ物色しておいてよ。わたし、食器とかも新しくしたいな。夫婦《めおと》茶碗とかほしい。とりあえず予算については考えなくていいから、素敵なやつ探しといて……」

由麻は早口でまくしたてて、

「じゃあ、行ってきます。急がないと遅れちゃう！」

まぶしい笑顔を残して玄関を飛びだしていった。

2

（着エロ・モデルにボーナスなんてあるわけないじゃないか……）

ベッドに寝転んだ勇作の頭には、さまざまな想念が行き来した。

窓から見える空は梅雨《つゆ》の谷間で晴れていたが、考えれば考えるほど、雨雲より黒々とした暗雲が未来にたちこめてくる。

由麻が言ったボーナスを臨時収入ととらえれば、それが入るあてができたということだろう。以前、貴子が彼女の給料は定額制ではなく歩合制だと言っていたので、DVDや写真集の印税でも入ったのかもしれない。あるいはオーディションに受かって、女優への道を踏みだすことが決まったか……。

それにしては、話を切りだしてきたときの妙に思いつめた表情が気になった。オーディションに受かったものの、あまり気乗りのしない役なのだろうか？　濡れ場があったり、全裸での芝居を要求されたり……。

（まさか……）

考えるほどに嫌な予感が大きくなり、たまらず携帯電話を取って貴子に電話してしまった。

「あら、どうしたの？　珍しいわね、あなたから連絡してくるなんて」

電話の向こうの貴子の声は、いつになく明るかった。

「いや、その……ちょっとおうかがいしたいことがあるんですが……」

「ふふっ、なあに？」

「由麻ちゃんのことなんですけど……」

「由麻がどうかした？」

「ちょっと様子がおかしいっていうか……いや、具合が悪そうとかそういうんじゃないんですけど……なんていうか、その……」

勇作は言葉の途中でしどろもどろになってしまったが、

「緊張してるみたいだった？」

貴子は先まわりして訊《たず》ねてきた。

「ええ、はい……そうですね、言われてみればそんな感じで……」

「へええ……」

貴子はふっと苦笑をもらし、

「あの元気娘でも緊張するのねえ、さすがにAV出演となると」

「えっ？」

勇作は驚いて声をひっくり返した。

「いまなんて言いました？　AV出演ってどういうことです？」

「どういうことって、出演するのよ、アダルトビデオに。ふふっ、それも当世を代表する二大AVスターとの共演でデビューっていう、破格の扱い。まあ、由麻くらいのポテンシャルがあれば単体でも充分いけるんだけど、いまはちょっとくらい可愛いからって、簡単には売れてくれませんからね。スターふたりと共演させて名前を売って、次々に単体作品をリリースしていくっていう、練りに練った作戦なのよ。考えたもんでしょ？」

「嘘だ……」

勇作は声を震わせた。

「AVってことは、由麻ちゃんが人前でエッチするってことですか？　ええ？映画の濡れ場とかじゃなくて、本当にセックスを……」

かつてのAVには「擬似《ぎじ》本番」なるものも存在したが、現在の厳しいユーザーの眼にはそんな生温《なまぬる》いことは通用しない。つまり出演するなら、男優の超絶テクニックに可愛い童顔がくしゃくしゃになるまで責めたてられ、マグナム級のデカマラでむちむちボディを田楽刺《でんがくざ》しにされてしまうということである。

「ふふっ、まあそういうこと……」

貴子は冷ややかに笑い、

「ついでに言えば、女優ふたりに責めまくられるレズプレイあり、三対三の6Pありっていう盛りだくさんの内容よ。出たら欲しいでしょ、あなたでも？」

「欲しくないですっ！　ってゆーか、出さないでくださいっ！」

勇作は真っ赤になって叫んだ。

「僕は……僕はやっぱり耐えられないです……由麻ちゃんが他の男とエッチしたり、ましてやそれを撮影されるなんてことは……」

「いまさらなに言ってるの？　共犯者のくせに」

貴子はぴしゃりと言った。

「あなたが由麻の女を磨きあげてくれたおかげで、AVへの出演も可能になったことを忘れないでほしいわね。監督も絶賛してるのよ。可愛い顔して巨乳、可愛い顔してエッチ、彼女は頑張ればスターになれる器《うつわ》だって……それもこれも、すべてはあなたが由麻のお色気を開花させてくれたおかげ……」

「人のせいにする気ですか？　僕はなにも、由麻ちゃんをAV女優にしようと思って協力したわけじゃないですよ。そりゃあちょっとは人気に貢献できたらとは思いましたけど、まさか人前でセックスまでするなんて……」

「ごめんなさい、いまちょっと忙しいから」

途中で貴子は一方的に電話を切った。勇作は頭にきてかけ直したが、貴子への電話は二度と繋がることはなかった。由麻にも電話をした。こちらも留守番電話にしか繋がらない。

「ちくしょう……」

頭に血がのぼった勇作は、足元のゴミ箱を蹴飛ばした。ガシャンッ！　とガラスのテーブルの上に飛んで落ち、載っていたものがあたりに散らばった。

「……んっ？」

足元に手帳が転がってきた。由麻の手帳だった。開いてみるとスケジュールが書きこまれていて、今日の日付には恵比寿《えびす》にある撮影スタジオの住所と電話番号が記されていた。つまり、そこでAVの撮影が行われているのだ。

（恵比寿まで、電車を乗り継いで三十分くらいか……）

由麻が出ていったのは、まだ十分か十五分前だ。急いで追いかければ、撮影が始まる前に到着できるだろう。由麻を説得し、AVへの出演を思いとどまらせることができるかもしれない。

「よーし……」

勇作は矢も楯もたまらず靴を履き、玄関から飛びだした。途端に激しい眩暈《めまい》を覚え、電柱にしがみついて嘔吐《おうと》してしまう。それでも頑張って駅に向かった。視界も足元も覚束《おぼつか》ないまま、道をジグザグに走って後ろから来たクルマにクラクションを鳴らされながら、必死になって前へ進んだ。

ようやくのことで「開かずの踏切」まで到着し、地面にへたりこんでハアハアと息をはずませていると、

「あれれ？　町田先輩じゃないですか？」

声をかけられ、勇作は顔をあげた。近所に住んでいる、大学の後輩の原島幸雄《はらじまゆきお》だった。

「どうしちゃったんです？　大丈夫ですか？」

原島は乗っていた自転車からおりて、勇作の背中をさすってきた。ちょうど電車が踏切を通過し、遮断機の棒があがっていったところだった。

「ちょっと、チャリ貸してくれ……」

勇作は原島の自転車にむしゃぶりつき、サドルにまたがった。

「急いでるんだ。駅前に乗り捨てておくから回収してくれ、頼むっ！」

「いいですけど……」

啞然としている原島を残して、勇作はペダルを踏みこんだ。

「いいですけど、先輩、顔真っ青ですよーっ！　大丈夫ですかーっ！」

背中で原島が叫んでいたが、かまっていられなかった。思いきりペダルを踏みこんで走りだすと、ちょっとは気分がよくなった。すぐに坂になり、加速がついた。風を切っていくほどに、不思議と眩暈や吐き気が治ってくれ、調子に乗ってぐいぐい漕いだ。

しかし、雨上がりの路上には水たまりが散見《さんけん》していた。迫りくるコーナーの手前でタイヤがすべった。あわててブレーキを絞ると、キキーッと断末魔のような音がして、次の瞬間、勇作は宙に放りだされていた。

（またやっちまった……）

視覚がスローモーションになり、梅雨の谷間の青空に吸いこまれていく。と思ったら、後頭部と背中に激しい衝撃が訪れて、電気のブレイカーが落ちるように意識を失ってしまった。

「……先輩っ！　大丈夫ですか、先輩っ！」

原島に肩を揺すられ、勇作は眼を覚ました。民家の庭の芝生《しばふ》に倒れていた。見覚えのある光景だった。そう、由麻の自転車の後ろに乗せてもらったときも、この芝生に落下したのだ。つくづく縁のある場所らしい。

「よかったあ、眼を覚まして……」

原島が泣きそうな顔で安堵の溜息をつく。

「救急車呼びますか？　外傷はないみたいですけど、頭打ってるみたいだし……眩暈とか吐き気とかありますか？」

「……いや」

勇作はふっと微笑んだ。腹の底から笑いがこみあげてきて、やがてゲラゲラ笑いだしてしまった。

「大丈夫ですか、先輩っ！　やっぱり打ちどころが悪くて……」

原島が不安げに言ったが、

「そうじゃないよ」

勇作はきっぱりと首を横に振った。眩暈も吐き気も感じなかった。いまの事故で頭をぶつけなかったわけではない。したたかにぶつけたのだ。ぶつけた拍子に、接続の悪かった頭の回路が元に戻ってくれたのだ。

この三カ月あまり、一歩でも玄関から出ると感じていた、外の景色が襲いかかってくるような威圧感がきれいさっぱりなくなっていた。頭の中がスカッと晴れ渡り、涙が出てきそうな解放感を覚えていた。

立ちあがって歩いてみても、なんともない。その場でヒンズースクワットをし、肩や首をまわすと、鈍《にぶ》っていた筋肉がバリバリと軋《きし》みをあげたけれど、意識は透明感を増していくばかりだった。

「すごいっすね、先輩。見てた人が、五、六メートルは吹っ飛んだって言ってましたよ。ホントになんともないんですか？」

原島が呆れた顔で言い、

「ああ」

勇作は胸を張ってうなずいた。

「なんともないどころか、元気が出てきた」

まったく長いトンネルだった。

ようやくのことで、外出恐怖症から脱出することができたらしい。

3

「いや、だからね、僕は身内みたいなもんなんですよ。一緒に住んでるんだから、家族同然なんですって、愛実由麻のっ！」

勇作は口角《こうかく》から唾を飛ばしながら苛立った声をあげた。

「そんなこと言われても、通行証のない人を通すことはできなんだよ。身内なら関係者を電話で呼びだしなさいよ」

警備員の制服を着た初老の男は、苦笑いを浮かべて首を振った。

ここは恵比寿にあるスタジオの入口。

同じような口実で中に入ろうとするファンの類《たぐい》があとを絶たないのだろう。屈強な体つきの若い警備員が、面倒くさそうに警備員室から出てきた。

「お兄さん、寝言は帰って寝ながら言いな」

「いや、だから、僕は本当に彼女の……」

若い警備員に襟首をつかまれ、勇作は焦《あせ》った。完全にストーカー扱いで、いまにも外につまみ出されそうだった、そのとき、

「いったい、なんの騒ぎ？」

後ろから聞き覚えのある声が聞こえ、振り返ると貴子が立っていた。

「あ、ちょうどよかった……」

血相を変えてにじり寄った勇作に、貴子は驚いて眼を丸くする。

「なにをやってるの？　どうしてあなたがこんなところに……」

「やめさせにきたんですよっ！　僕はどうしても……どうしても由麻ちゃんにAVに出てほしくない」

貴子はふうっと深い溜息をつき、

「いまさらそんなこと言ったって、もう遅いわよ」

「遅くないでしょ？　これから撮影なら、まだ間に合うじゃないですか……」

勇作は挑むように貴子を睨みつけながら、震える声を絞りだした。ここまで来て引きさがるわけにはいかなかった。

「まったくしょうがないわね。それじゃあ、ちょっとついてきなさい」

貴子は警備員に話をすると、通行証を受けとって勇作の首にかけてくれた。スタジオの建物の中は、迷路のように入り組んだ構造になっていた。何度となく廊下を曲がりながら、これはひとりでは帰れないな、と勇作は思った。道順を覚えている余裕などどこにもなかった。由麻に会ったらなんと言おうか、なんと言ってＡＶへの出演をやめさせようか、頭の中でさまざまな言葉が乱れ飛び、パニックに陥《おちい》りそうな状態だった。

貴子が向かった場所は、撮影スタジオではなく、扉に「愛実由麻様」と貼り紙のされた控え室だった。

畳敷きの八畳間で、脇に大きな鏡台があった。出演者が休憩したり、ヘアやメイクを整える場所のようだが、そこに由麻の姿はなかった。

「座って」

貴子は座布団を出して勇作にうながし、自分も座布団の上に腰をおろした。

「あのう……由麻ちゃんは？　由麻ちゃんはどこにいるんですか？」

「由麻はもう、スタジオに入ってる」

「貴子さん……」

勇作は座布団をどけて畳の上に正座した。

「お願いします。由麻ちゃんに会わせてください。会って話をさせてください。僕がやめろって言えば彼女だって無理にＡＶに出ようとはしないはずです。このとおりですから……」

畳に両手をつき、深々と頭をさげる。

「無理よ……」

貴子は溜息まじりに首を振り、

「いまさら由麻になにを言っても、出演をとりやめるのは無理。これは遊びじゃないのよ。撮影のために何人のスタッフが働いてると思うの？　由麻には契約書にサインしてもらってるから、いまさら気が変わったところで、どうにもならないわ……」

「そこをなんとか、貴子さんの力で契約を白紙に……このとおりですっ！」

勇作は畳に額《ひたい》をこすりつけたが、

「あのねえ……」

貴子は声に怒気《どき》を滲ませた。

「大人の社会の契約っていうのは、そんなに甘いもんじゃないの。それに……ちょっと顔をあげなさい」

勇作はおずおずと顔をあげ、下から貴子を見上げた。

「由麻がどうして、ＡＶに出演する決意を固めたと思う？」

「それは……」

勇作が口ごもると、

「理由はいろいろあると思うわ」

貴子は先まわりして言った。

「あれだけ可愛い顔してスタイルもいいんだから、自己顕示欲もあるでしょう。わたしを見てってやつね。セックスに対する好奇心だってあるかもしれない。男優さんって、実際どれだけ気持ちよくしてくれるんだろうって。でもね……でも、いちばんの原因はあなた……あなたのためなのよ、勇作くんっ！」

「……僕のため？」

勇作は息を呑んだ。

「そうよ。あなたを養うため。あの子、ああ見えて責任感の強い子だから、あなたを事故に遭わせたことに、ものすごく罪の意識をもってるみたい。あなたが外出恐怖症で外に出られないなら、一生養っていくつもりだってわたしに向かってはっきりと……んんっ？」

貴子は不意に眼を見開いて勇作の顔をまじまじと眺めた。

「そういえば、あなた外出恐怖症はどうしたのよ？　部屋から一歩も出られないんじゃなかったの？」

「あ、それなら……」

勇作は眼の前に希望の光が射した気がした。

なにしろ、外出恐怖症は、いまここに来る途中で治ってしまったのだ。引きこもりの生活とはもうおさらばで、すぐにでも仕事を見つけ、遅ればせながら社会人一年生としてスタートを切れるのだ。つまり、由麻に生活の面倒を見てもらう必要もないから、彼女がAVに出演する理由もなくなったのである。

ところが、そのことを伝えようとしたとき、慌ただしいノックに続いて扉が開いた。撮影スタッフらしき男が貴子を見て、

「由麻ちゃん、ここに来てませんか？」

と息をはずませながら訊ねた。

「はあ？」

貴子は大仰に眉をひそめ、

「来てないわよ。さっきスタジオに入ったじゃない？」

「それが……」

「なに？」

「『わたしやっぱり、好きな人以外とエッチなんてできません』って、逃げだしちゃって……たぶん外に行きましたね。バスローブのままなんですけど……」

「嘘でしょ？」

貴子がひきつった苦笑をもらし、

「トイレかなにかに閉じこもってるんじゃないの？」

「いいえ、めぼしいところは全部捜してみたんですが、ここにもいないとなると……」

貴子は血相を変えて立ちあがり、スタッフの男とともに控え室を飛びだしていった。

（逃げたのか……）

勇作の心臓はにわかに早鐘を打ちだした。

貴子には悪いけれど、朗報だった。ひとまず見つからずに逃げてのびてほしいと思った。やりたくないという意志を明確に示せば、貴子だって鬼ではないのだから、無理やりAVの現場に押しこむような真似はしないはずだ。

十分経っても十五分経っても、貴子は戻ってこなかった。

ということは、由麻は無事、外に逃げだすことに成功したのだろうか？　バスローブのままというところがいささか気になるものの、そうあってほしい。しかし、連れ戻されてしまった可能性もなくはない。貴子はともかくとして、AV

の監督や男優は鬼かもしれず、抵抗するなら企画を変えてレイプものにし、いやがる由麻を無理やり手込めにしてしまうこともあるかもしれない。

（スタジオに行ってみよう……）

控え室を出て、キョロキョロしながら廊下を進んでいくと、向こうからバスローブを着た女がふたり、歩いてきた。

（おおっ、あれは……）

勇作は息を呑んで眼を見開いた。当世を代表する二大AV女優、安田《やすだ》葵《あおい》と前《まえ》川《かわ》湖波《こなみ》だった。

年はどちらも二十代半ばだろうか。

葵は黒髪に小麦色の肌、くりっとした瞳が眼を惹くエキゾチック美人で、柳《やなぎ》腰《ごし》も悩ましいスレンダーなスタイルをしている。

湖波のほうは色が白く、髪は亜麻色《あまいろ》。きりりとした引き締まった端整な顔は美しいが、いわゆる元ヤン——不良少女の過去を忍ばせる押しの強いタイプであり、関西弁をしゃべるのが特徴である。

ふたりとも、美しい容姿をしているくせに淫乱度の高さは折り紙つきで、フローレンス貴子の若いときによく似たタイプだった。

勇作はもちろん、彼女たちのAVで何度も抜いたことがあった。廊下を歩いているだけで、美しくも淫らなオーラを放っていることに感動してしまった。しかし、どちらもひどく不機嫌な表情で、八つ当たりをするようにハイヒールの踵《かかと》をカツカツと鳴らしてこちらに向かってくる。

「いったいどうなってるの、まったく……」

葵が吐き捨てるように言えば、

「職場放棄なんてあり得《え》へんよ。なんぼデビュー作ゆうても……」

湖波もコテコテの関西弁で答えて舌打ちをする。

ふたりとも、不機嫌というより、頭から湯気がたちそうな勢いで怒っていた。近づくほどに勇作にもそれが伝わってきた。すれ違うときも避けようとせず、肩を怒らせて廊下の真ん中を歩いてきたので、勇作は壁に貼りついてふたりをやりすごさなければならなかった。

「だいたいあの女、可愛い子ぶってて、めっちゃムカつくやん？　事務所ごと泣かせてやったらええんちゃうん？」

「そーねー。この際ガツンと痛い目に遭わせてやったほうがいいかもね。うちらを呼んどいて現場飛ばすなんて、ホントいい度胸よ」

怒りの矛先は、どうやら由麻に向かっているようだった。撮影直前に逃げだしてしまったのだから、それも当然かもしれない。

しかし、由麻に対して報復など考えてもらっては困る。AV女優とはいえ、ふたりは最近、テレビのバラエティ番組などにも出演してスター街道を驀進《ばくしん》している。有名な大手芸能事務所の系列事務所に所属しているのだ。親会社は政財界から暗黒街まで太いパイプで繋がっているらしいと、実話週刊誌で読んだことがあった。ふたりを本気で怒らせたら、由麻や貴子にどこから刺客《しかく》が送りこまれるかわかったものではない。

「あのう、待ってください……」

勇作はたまらずふたりを追いかけ、前にまわりこんで土下座した。

「このたびはご迷惑おかけして申し訳ございませんでした。由麻ちゃんには充分に反省させますので、どうか穏便に……穏便にすませてください……」

米つきバッタのように頭をさげて詫びると、

「なんやねん、あんた？」

湖波がガムを嚙むような口調で言い、

「彼女の事務所の人なら、捜しにいったらどうなの。こんなところで土下座してないで」

　葵も冷たく突き放す。

「僕は……僕はその……事務所の人間ではないんですが、由麻ちゃんの関係者っていうか……なんというか……」

「はは〜ん」

　湖波がふんっと鼻で笑い、

「つまりコレか？」

　と親指を突き立てた。

「あんた、あのぶりっ子の彼氏なんか？　そうなんやろ？」

「ええ、まあ……」

　勇作が顔を赤らめてうつむくと、

「しかし、珍しいわね。彼氏が彼女の撮影を見にくるなんて……」

　葵が言い、

「まさか……」

　湖波が唇を尖らせた。

「あんたが後ろで糸引いて、あの子のこと逃がしたんやないやろうね？　そやったら許さへんで」

元ヤンの迫力を剝きだしにして胸ぐらをつかまれ、

「違いますっ……違いますよ。そういうことではないんですけど……」

勇作は限界まで顔をひきつらせ、首を横に振りつづけた。

4

今日はとことん土下座しなければならない日のようだ。

由麻の控え室の並びにある、葵と湖波の控え室に連れこまれた勇作は、畳の上に正座して、何度もふたりに頭をさげさせられた。問いつめられるままに、由麻の運転する自転車で事故を起こし、外出恐怖症になってしまったこと、外に出られない勇作の生活を支えるために由麻がＡＶ出演を決めたこと、しかし外出恐怖症は治ったのでその必要がなくなったことなどを説明した。

「なんや……あいつ、ぶりっ子に見えて、けっこうええとこあるんやんけ」

乱暴な口調とは裏腹に、湖波は同情してくれ、

「ＡＶに出演する子って、どっかそういうところ抱えてるのよね。自分のためだけだったら、人前でエッチなんてできないよ」

葵に至っては、勇作の話を聞きながら涙ぐんでいた。みずからの過去にも、重なる部分があったのかもしれない。

「それじゃあ……許してくれますか？　逃げちゃった由麻ちゃんのこと……」

勇作がおずおずと切りだすと、ふたりは顔を見合わせ、

「そうねえ……」

葵はしかたがないという感じで溜息をつき、

「やる気のないやつとカラミやってもウザいだけやし、もうええんちゃうん」

湖波もうなずいた。

「ありがとうございます。このご恩は一生忘れません。僕、無事に就職が決まって初任給もらったら、かならずおふたりのDVD買わせていただきますから。ええ、それだけは約束させてもらいます……」

最後にもう一度頭をさげ、立ちあがって部屋を出ていこうとすると、

「ちょっと待ちーな」

湖波がそれを制した。

「話はわかったわ。わかったけどな、まだ帰ってええとは言うてへんで」

「なにか、まだございますか？」

勇作がひきつった顔で畳に座り直すと、

「今日はうち、撮影や思って三日前から禁欲してきてん。セックスどころか、オナニーまで我慢してんねん。それをどうしてくれるんや、って話がまだ残ってるわけや」

湖波が言い、葵も我が意を得たりという顔でうなずいた。

「そーねえ。あんな可愛い子にAV出演を決意させちゃうなんて……彼の持ち物、ちょっと興味あるかな」

ふたりは眼を見合わせて、意味ありげな笑みをもらした。呼吸を揃えて、ゆっくりと勇作のほうを見た。

「いや、その……」

妖しい眼つきで見つめられ、勇作は焦《あせ》った。

「……なんでしょうか、いったい？」

「おまえもあいつと一緒でぶりっ子かっ！」

湖波が身を躍らせ、勇作にむしゃぶりついてくる。

「やめてください……なにをするんですか……」

勇作は驚愕で腰を抜かしそうになったが、

「機嫌とるんなら最後までとれ、いうこっちゃ。そら、脱げ、脱げ」

湖波はかまわずベルトをはずしてくる。

「ふふっ、少しくらいうちらにサービスして帰ってもバチはあたらないよ」

葵も湖波に加勢し、身をよじる勇作の体を押さえた。勇作はほとんどなんの抵抗もできないまま、ブリーフをジーパンごと膝までおろされてしまった。

「あああっ……」

緊張に萎縮したままの陰茎をさらしものにされ、勇作は真っ赤になった。

「なんや、勃《た》っとらんやないか」

湖波が酸っぱい顔で小魚のようなペニスをつまみ、

「売れっ子AV女優ふたりを前にして、これはちょっと失礼じゃなーい？」

葵は包皮から遠慮がちに顔を出している小さな亀頭《きとう》を、すりすりと撫でてきた。そして次の瞬間、ふたりは同時にバスローブを脱いだ。AVとはいえ、さすがに女優である。簡素な八畳の控え室が、一瞬にしてスポットライトの当たるステージにでもなってしまったようだった。

（うわあっ……）

勇作は呆然と眼を見開いた。

ふたりともパンティ一枚のトップレスだった。

黒髪とエキゾチックな美貌をもつ葵は、小麦色の肌を際立たせるように、白いシルクのハイレグパンティ。乳房はリンゴのように形がよく、やや黒ずんだ乳首が野性的だ。

一方の湖波は、燃えるようなワインレッドのTフロント。砲弾状に迫りだした乳房はゆうにFカップはありそうな迫力で、南国の花のように咲き誇る、赤い乳首が情熱的だ。

（すげえ……すげえよ……）

萎縮していた勇作のイチモツはむくむくと隆起し、瞬く間に臍《へそ》を叩く角度で反り返った。

映像を通してさえどんな男も虜《とりこ》にするふたりのヌードは、生で見ると呆れるほどにセクシャルだった。裸になることが生業《なりわい》である女の面目躍如といったところか、全身から放たれるエロティックなオーラは尋常ではなく、ふたりがバスローブを脱いだ瞬間、大げさではなくピンク色の光線が見えた気がした。

しかし……。

彼女たちの生業は、ただ裸になることだけではなかった。

「やあん、おいしそう……」

葵は勃起したペニスを見て眼を爛々《らんらん》と輝かせると、勇作の脚からブリーフとジーパンを完全に抜き去り、四つん這いになってペニスに顔を近づけてきた。

「サイズはまあまあやんか。まあ、チ×ポは大きさより硬さだと思うけどな」

湖波も四つん這いになると、仰向けになっている勇作を葵と挟みこむようにして、ペニスに顔を近づけてきた。

（おいおい、嘘だろ……）

勇作は瞬きも呼吸も忘れ、金縛りに遭ったように動けなくなった。

そそり勃ったペニスの向こうに、卑猥《ひわい》な笑みを浮かべた葵と湖波の顔がある。見慣れた構図というか、既視感すら覚えてしまう光景だ。複数の女優をフィーチャーしたAVで、お約束のように行われるダブル・フェラ。それを男優視点から撮っているありがちな構図だから、見慣れているのも当然かもしれない。

ただ、これはAVの画面ではなく、現実だった。当世を代表する二大AVスターが、男優のペニスではなく、おのが男根に顔を近づけているのである。甘い吐息が、陰毛を揺らしているのである。

「ねえ、ふたりがかりでナメナメされたことある？」

葵は悪戯《いたずら》っぽくささやくと、赤い舌を差しだした。いやらしいほど長い舌だ。

「まずないやろな。ウブな顔しとるもん」

湖波も同じように舌を差しだし、硬くみなぎる男根に近づけてくる。葵と視線を交わしてタイミングを合わせ、左右から同時にねっとりと舌を這わせてきた。

「むむむっ……」

勇作は首にくっきりと筋を浮かべた。ねろり、ねろり、と肉竿を舌が這うたびに、顔が真っ赤に茹《ゆ》だっていくのが、鏡を見なくてもはっきりとわかった。

人気AV女優の舌使いは、一人でもとびきりいやらしく、舌というよりトリモチで撫でられているような粘っこさだった。それが二枚同時に襲いかかってくるのだから、その衝撃は恐るべきものだった。

最初のほうは、下から上へ、下から上へと、同じ動きで舐めていたが、やがて動きも舐める部位もバラバラになり、たとえば葵が亀頭を舐めまわしはじめれば、湖波が肉竿をツツーッと舌先でなぞりたてる。湖波が鈴口《すずぐち》に舌先を入れてくると、葵は根元を集中的に舐めてきて、硬直したペニスの全長をあっという間に唾液にまみれさせた。

（まずい……まずいぞ……）

勇作はたまらない興奮に身震いしつつも、罪悪感に胸が痛むのをどうすることもできなかった。いくら生まれて初めて体験し、これから体験できる予定もないダブル・フェラとはいえ、このまま愉悦に溺れていていいはずがない。

「やめてっ……やめてくださいっ……」

情けなく裏返った声をあげる。

「僕には……僕には由麻ちゃんという人がいるんです……こんなことしちゃいけないんです……」

「固いこと言わないの、彼女には黙っててあげるから」

葵がねろねろと玉袋を舐め、

「そや。だいたいこないにビンビンにおっ勃てといて、言う台詞《せりふ》か。我慢汁だって、大量に漏らしてからに」

湖波が鈴口からあふれた熱い粘液をチュッと吸い、そのまま亀頭を頬張ってくる。生温かい口内粘膜で敏感な部分をずっぽりと咥《くわ》えこまれ、

「おおおおっ……」

勇作はだらしない声をもらした。湖波には、容赦も遠慮もなかった。亀頭を口に含むや、男の欲望器官を舐めしゃぶりはじめた。唇をスライドさせて深く咥え

こみ、双頬をべっこりと凹ませて、そそり勃つ男性器官を、じゅるっ、じゅるるっ、と吸いたててきた。

「やだあ。オチ×チン、取られちゃった……」

葵は悔しげに舌打ちすると、

「じゃあ、わたしはマンマンを舐めてもらおうかな」

立ちあがって純白のハイレグショーツを颯爽《さっそう》と脱ぎ捨てた。淫らに逆立った小判形の草むらを露《あらわ》にし、呆然と眼を見開くばかりの勇作を見てニヤリと笑うと、小麦色の裸身を躍らせて、顔にまたがってきた。

(うおおおおっ……)

勇作の眼の前に、AVではモザイクがかかっているプレミアムな部分が迫ってくる。アーモンドピンクの花びらが生々しい獣の匂いを振りまいて、眼と鼻の先まで接近してくる。

(助けてっ……助けてくださいっ……)

勇作はどうしていいかわからなくなり、神様に祈ってみたものの、都合の悪いときだけの神頼みが通じるはずもなかった。

「ほらあ、早く舐めてよ」

クンニをせがむように落としてきた葵の尻に口と鼻を塞《ふさ》がれ、

「むぐっ……むぐっ……」

眼を白黒させて悶絶することしかできなかった。

5

気がつけば、後戻りできないところまで事態は進んでしまっていた。

勇作の眼の前には、ふたりのスターAV女優が並び、M字開脚で女の花を咲き誇らせている。どちらの花びらも蝶の羽のようにぱっくりと口を開き、薔薇の蕾《つぼみ》に似た薄桃色の粘膜をひくひくと収縮させて、獣じみた匂いのする粘液をしとどに漏らしている。

「ちょっと、そっちばっかり舐めすぎなんじゃないの?」

恨みがましく葵が言えば、勇作は湖波に施《ほどこ》していたクンニリングスを中断して葵の股間を舐めはじめる。だがすぐに、

「依怙贔屓《えこひいき》はなしやで。そろそろこっちの順番ちゃうん?」

湖波がせがんできて、再び彼女の陰部に舌を這わせなければならない。

(まったく、忙《せわ》しないなあ……)

ふたりがかりでフェラを施されたときは、王様にでもなった気分に浸っていた勇作だったが、いまはさながら下僕の労働だった。求められるままに舌と唇を使って愛撫を施す、淫らなクンニ・マシーンだ。

とはいえ、けっしてつらいだけではなかった。

湖波が威圧感たっぷりに、

「もっと奥まで舌突っこめや。突っこんでくなくな舐めろや」

と言ってくれれば気圧《けお》されて身をすくめ、

「わたしはクリのまわりが感じるからね。クリそのものも感じるけど、まわりをねちっこくよ、まわりを」

葵がみずからの性感帯について事細かに指示して愛撫を求めてくると、いささか辟易《へきえき》してしまったものの、ふたりの花を舐めれば舐めるほど、勇作は男としての自信を得ていった。

（俺のやり方、けっこう通じてるじゃないか……）

ふたりの呼吸はハアハアと高ぶって、あきらかに感じているようだった。

貴子や久仁香をはじめとした美熟女たちに鍛えあげられた舌技《ぜつぎ》は、百戦錬磨《れんま》のAV女優にも通用したのだ。勇作が舌を躍らせれば、葵は小麦色に焼けた肌を艶《なま》めかしい朱色に上気させていき、湖波の穴に舌を差しこんでやれば、元ヤンの美貌をくしゃくしゃに歪めた。クリトリスをチューッと吸いたてると、どちらも太腿をぶるぶると震わせて身をよじった。

「んんっ、そうよ……なかなかうまいじゃない」

「もっと小刻みに舌先を動かせや……んんんっ……そ、そんな感じや……」

ウブそうな年下の男のクンニで感じてしまってはAV女優の沽券《こけん》にかかわるとでも思っているのか、手放しで歓喜を示すことはこらえているけれど、漏らした発情のエキスは糸を引き、畳にシミをつくるほどだった。

(湖波さんは、クリよりも中で感じるタイプだな……むむっ、葵さんは、クリだけじゃなくてアヌスも敏感みたいだ……)

刺激と反応によって、性感のポイントを見つけていく作業は、たまらない興奮に満ちていた。これぞ3Pの醍醐味《だいごみ》なのか、女の股ぐらから股ぐらへ移動する作業がやがて、下僕の労働というより、花から花へ移動する蜜蜂のように思えてきた。あちらの花で蜜を吸い、こちらの花でも蜜を吸う。口を開きつづけたせいで顎の付け根が痛くなり、顔中が発情のエキスでベトベトに濡れまみれても、夢中になって蜜蜂の快感をむさぼってしまう。

「はぁあっ……はぁうううううう～っ！」

葵の口から悩ましい悲鳴があがり、

「う、うまいやんか……おまえの舐め方、ＡＶ男優もびっくりやんかっ！」

湖波も欲情に歪みきった顔で狼狽《うろた》えはじめた。

ふたりとも全裸だった。勇作もダブル・フェラの段階ですべての服を脱がされている。裸の男女が発する熱気で、簡素な八畳の控え室が、ねっとりとした空気に支配されていった。

匂いもすごかった。ふたりがかりで漏らしつづけている発情のエキスに加え、勇作も勃起しきったペニスの先端から男くさい我慢汁を垂らしていたから、淫《いん》臭《しゅう》としか呼びようのない匂いが部屋の中に充満しきっていく。

「ねえっ！　わたしもう、我慢できないっ！」

葵が切羽つまった声をあげて体を起こした。

「もう入れてっ……入れてよ、オチ×チンッ！」

勇作は腕をつかまれ、

「いいですけど……」

興奮で真っ赤に上気した顔でうなずいた。勇作にしても、挿入は望むところだった。クンニをしながら、ふたりを相手にどうやって結合し、クライマックスを迎えようかと、そのことばかりを考えていた。うまくいくかどうかはわからないが、これしかないというアイデアを胸に秘めていた。

「それじゃあ、おふたりとも四つん這いになってもらえますか？」

おずおずと切りだすと、

「ふふんっ、鶯《うぐいす》の谷渡《たにわた》りか。生意気やんけ……」

湖波は憎まれ口を叩きつつも、葵より早く四つん這いになり、勇作のほうに尻を突きだしてきた。桃割れの間は、漏らした花蜜で尋常ではなく濡れ光っていた。プライドがすこぶる高そうな彼女なので、自分からねだってくることはなかったけれど、気持ちは葵と同じだったのだろう。

「ああんっ、なんでもいいから早く入れてよっ！」

葵もあわてて四つん這いになり、湖波と並んで尻を突きだしてくる。勇作から見て、左側が葵で、右側が湖波だ。まずは葵のほうから腰を寄せていった。最初におねだりしてきたのは彼女のほうなのだから、順当な選択だろう。

「んんんっ！」

割れ目に亀頭をあてがうと、葵は興奮を隠しきれない感じでうめいた。四つん這いになった小麦色の背中に浮かんだ汗が、甘美な色香を漂わせている。

「いきますよ……」

勇作は葵のしなやかなウエストをつかんで、ぐっと腰を前に送りだした。煮えたぎるように熱く、ぬるぬるに濡れまみれた蜜壺を、猛《たけ》りたつ男根でずぶずぶと穿《うが》っていった。

「んんんっ……んんんんっ……」

じりりっ、じりりっ、と奥に侵入していくほどに、葵は身をよじり、太腿を小刻みに震わせる。AV女優とはいえ、結合の期待と不安に身悶える様子は、か弱いひとりの女だった。

勇作がずんっと子宮口を突きあげると、

「はっ、はぁうううううーっ！」

葵は甲高《かんだか》い悲鳴をあげて背中をのけぞらせ、ガリガリと畳を爪で引っ掻いた。ネイルが剝がれてしまいそうな勢いだった。

「か、硬いっ……それに太いよっ……」

嚙みしめるように言い、髪を振り乱して首を振る。

「あぁっ、突いてっ……早く突いてっ……」

「はいっ！」

勇作が腰を振りたて、律動を送りこむと、

「はぁうううーっ！」

葵は甲高い悲鳴をあげて、みずから尻を振ってきた。もはやか弱い女ではなく、みるみるうちに一匹の獣の牝となり、男根の抜き差しによって得られる歓喜の虜《とりこ》となっていった。四つん這いの体を汗まみれにして激しくよじらせては、全身で欲情を表した。

「いいっ！　とってもいいよっ……」

涙目になって振り返り、口づけを求めてきた。不自由な体勢で舌をからませつつ、ぐりぐりヒップを押しつけてくる。口づけをとけば、みずから腰を振りたててみなぎる男根をしゃぶりたててきた。

（これが……これがAV嬢のセックスか……）

勇作はすっかり翻弄《ほんろう》されていた。女を組み伏して後ろから突きあげているはずなのに、完全に葵のペースだった。

思い起こせば、貴子も正常位で下から腰を使ってきたが、バックスタイルで貫かれてもなお男をリードするとは、さすが現役と言うほかない。小麦色の素肌と相俟《あいま》って、まるで野生の女豹《めひょう》とまぐわっているようだ。

「おい……依怙贔屓はなしや、言うとるやろ」

湖波がジロリと睨んできた。

「なんでそっちでばっかり腰使うんやねん。おかしいやろ？　女がふたりおるのに、そっちばっかりおかしいやろ？」

きりきりと眼を吊りあげつつも、体は四つん這いになって後ろからの挿入を求めている。そのギャップが激しく卑猥で、勇作の背筋は興奮で震えた。

「……失礼します」

葵の蜜壺からすぽんっとペニスを抜き、湖波の尻に腰を寄せていった。葵と違って、湖波の肌の色は白い。ヒップのサイズや形は似通っているのに、色の違いが激しく欲情を揺さぶりたててくる。

（すごいな、こんな続けざまに……）

勇作は硬く勃起したイチモツを、湖波のヒップに沈めていった。他の女の花蜜でドロドロに濡れた男根で、別の女と繋がるのは、たまらない背徳感があった。いけないことをしている感覚が、ペニスを芯から硬くしていく。

とはいえ、３Ｐ慣れしているＡＶ女優は、そんなことなどおかまいなしに、みずからの快楽を貪欲に求めている。

「んんんっ……んんんんっ……くぅうううううーっ!」

男根が最奥まで届くと、湖波は痛切な悲鳴をあげ、尻の双丘をぶるぶると震わせた。

(こ、これは……)

声をあげたいのは、勇作も同様だった。

ふたりの蜜壺はどちらもみっちり肉ひだが詰まり、締まり具合も極上だったが、内側のカーブの角度がやや異なった。おかげで、結合感がまったく違った。葵の蜜壺はペニスの下側がこすれる感じだったが、湖波のほうは上側がこすれる。続けざまに女を抱いているという実感が、体の芯まで響いてくる。

「むうっ! むううっ!」

勇作は鼻息も荒く腰を振りたて、最奥をずんずんと突きあげた。突きあげずにはいられなかった。パンパンッ、パンパンッ、と尻を鳴らして連打を送りこみ、湖波の白い肌をピンク色に輝かせてやった。

(たまらない……たまらないよ……)

そこから先は無我夢中で湖波を突きあげ、葵と腰を振りあった。まさしく、花から花へと飛び移り、甘い蜜を吸う蜂になった気分だった。

しかし、忘れたわけではない。

自分ばかりが愉しんでいてはいけないということを、失念してしまったわけではない。

「ふたりとも、きっちり満足させなあかんで……」

湖波がハアハアと息をはずませながら、欲情に蕩けきった顔で言った。

「そしたら、あんたの彼女のこと、悪く言わんといてやるさかい……ええか、ふたりともきっちりやで……途中で出したりしたら、許さへんからな……」

「わかってます」

うなずいた勇作は、そのとき葵と繋がっていた。したたかに腰を振りあって、いまにも射精の前兆が迫ってきそうだった。

「ああっ、もっとっ！　もっとよっ！」

葵が振り返って言う。

「もう少しで、わたしイキそうだから……イッちゃいそうだから……ああっ、途中で抜かないでこのままイカせてっ……」

「むううっ……むううっ……」

勇作は真っ赤な顔でうなずきつつも、このまま葵をイカせるまで腰を振りつづければ、自分も一緒に果ててしまうだろうと思った。そうなったら、すぐさま湖波に挑みかかることはできないだろう。

（まずいぞ……葵さんの中に出して、しばらく休憩させてくださいなんて言ったら、湖波さんカンカンになって怒るに決まってるよ……）

勇作にはまだ、最後の切り札が残されていた。一か八かの賭けになるが、ふたりを同時に満足させるカードを切るタイミングは、いましかないようだった。

「三人で……三人で一緒にイキましょう……」

勇作は勃起しきった男根で葵を突きあげながら、右手を湖波の尻に伸ばしていった。桃割れを探り、蜜壺にずぶずぶと指を沈めていった。

「あおおおっ……な、なにすんねんっ！」

湖波は眼を白黒させて焦った声をあげたが、それも束の間のことだった。勇作の指が蜜壺の上壁のざらざらした部分――いわゆるGスポットに届くと、

「あぁおおおおおおおおーっ！」

獣じみた悲鳴をあげてのけぞり、胸元で豊満な乳房をタプタプと揺らした。

（どうだっ！　どうだっ！　湖波さん、中が感じるみたいだったから、この攻撃

が効くんじゃないか……）

勇作は蜜壺の中で指を鉤状《かぎ》に折り曲げ、Ｇスポットを押しあげた。フローレンス貴子直伝《じきでん》の指使いで、女の急所を責めたてた。ずちょっ、ぐちょっ、と音をたて、汁ダクになった蜜壺から、指を抜き差しした。

「あぁおおおっ……いいっ！　いいいいいいいいいいーっ！」

先ほどまで悪態ばかりが放たれていた湖波の口から、ようやく歓喜の声があがった。男根で突きあげているときよりむしろ激しいくらいの勢いで、四つん這いの体をよじりはじめた。

（よーし、手応えありだ……）

指を食い締めてくる蜜壺の感触に勇作は息を呑み、今度は左手で葵のアヌスをまさぐっていく。花蜜を浴びて濡れ光るセピア色のすぼまりに、ぬぷりと指を沈めこんでやる。

「はっ、はぁおおおおおおーっ！」

葵があげた悲鳴は、いままでとはあきらかに声音《こわね》が違った。身の底から絞りだしたように低い声なのに、生々しくも淫らな歓喜が伝わってきた。

またもや、勇作の計算どおりだった。

葵をクンニしていたとき、アヌスの反応がやけによかったと思っていたのだ。彼女ならきっと、三十路《みそじ》の美熟女に教わったこのハードな責めにも応えてくれるのではないかと思っていた。

「いぃいいーっ！　いいいいいっ……」

「あおおおおっ……あおおおおっ……」

いまを輝く二大AVスターが喜悦の声を競いあい、四つん這いの肢体をよじりまわす。片やGスポットをえぐられ、片やヴァギナとアヌスの二穴責めで、全身から脂汗を流してよがっている。

熱狂が訪れた。

勇作の息はあがり、左右の指が付け根から痺れはじめていたけれど、やめるわけにはいかなかった。人間の皮を脱ぎ捨て、獣の牝の本性を見せつけてくるふたりの女たちが、やめることを許してくれなかった。

「もうダメや……うち、イッてまう……イッてまう……イクイクイクイクッ……はぁあああああああーっ！」

絶叫とともに、湖波の股間から潮が噴きだした。鉤状の指をじゅぼじゅぼと抜き差しするほどに、ピュッピューッ！　ピュッピューッ！　と透明な分泌液を淫らがましく撒き散らしていく。

「あぁおおおっ……わたしもっ……わたしもっ……」

葵が切羽つまった声をあげる。

「アヌスがいいっ……アヌスがたまんないっ……ああっ、ダメッ……ダメダメダメッ……イッ、イクウウウウウウーッ！」

四つん這いの肢体をビクンッと跳ねあげて、葵は絶頂に達した。その瞬間、アヌスに指を入れてからただでさえ締まりのよくなった蜜壺が、ペニスをしたたかに食い締めてきた。

「むむむっ……」

勇作ももはやこらえることはできなかった。ふたりを絶頂に導けたことで訪れた安堵《あんど》が、引き金になった。ぎゅぎゅうと食い締めてくる葵の蜜壺の最奥で、煮えたぎるマグマを、ドピュッと勢いよく噴射させた。

第六章　求めてあげる

1

勇作の奮闘努力の甲斐《かい》あって、ふたりの人気AV女優にはなんとか怒りをおさめてもらったものの、それですべてが丸くおさまるほど現実は甘くはなかった。

（まいったなあ、まったく……）

葵と湖波の控え室を出た勇作は、スタジオの中を彷徨《さまよ》っていた。

控え室に貴子の姿も由麻の姿もなかったから、まだ由麻は逃亡を続けているのだろう。ならば自分も捜しにいき、できれば貴子より先に由麻の身柄を確保したかった。外出恐怖症が治って、生活の面倒を見てもらう必要がなくなったことを伝えたかった。

しかし、スタジオ内は廊下が迷路のように入り組んでいるので、なかなか外に出られない。

ようやくのことで警備員が立っている出入り口に到着すると、前方から見覚えのあるふたりがやってきた。

貴子と由麻である。

バスローブにサンダルという痛々しい格好で憔悴《しょうすい》しきっている由麻を、貴子が険《けわ》しい表情で支えていた。

「あっ、由麻ちゃん……」

勇作は声をあげて近づいた。

「大丈夫だったかい？　心配してたんだぞ……」

「……えっ？」

顔をあげた由麻の瞳が、にわかに凍りつく。

失敗した、と勇作も凍りついたように固まった。

考えてみれば、由麻は自分が着エロ・モデルであることを頑《かたく》なに隠していたわけで、ここに勇作がいるということは、勇作がその秘密を知ってしまったということを意味するのである。ましてやこのスタジオは、着エロどころか、ＡＶの撮影現場なのである。

「どうして？　どうして勇作くんがここにいるの……」

由麻は唇を震わせ、大粒の涙を頬に落とした。可愛い童顔が、混乱と動揺、そして恥辱にまみれて、くしゃくしゃに歪《ゆが》んでいく。三カ月間一緒に暮らしてきて、一度も見たことがない表情だった。

「ねえ、どうしてよっ！　勇作くん、わたしの仕事知ってたの？　知ってて黙ってたの？」

由麻が完全に取り乱してしまったので、

「あなたはもう帰りなさい」

貴子は勇作を睨みつけると、泣きじゃくる由麻を抱えるようにして控え室のほうに向かっていった。

勇作にはあとを追うことができなかった。

由麻のプライドを踏みにじってしまった実感がたしかにあり、とてもじゃないがＡＶ出演を見合わせてくれるよう頼める雰囲気ではなくなっていた。

その夜、由麻は午前零時をまわってから帰宅した。

帰ってこなかったらどうしようと気を揉んでいた勇作は安堵の胸を撫でおろしたが、由麻はずいぶんと貴子に絞られたようで、ぐったりしていた。

「貴子さんに聞いたよ……」

由麻は糸の切れたマリオネットのように絨毯に腰をおろすと、長い溜息をつくように言った。

「わたしの仕事のこと、けっこう前から知ってたんだってね？」

「……悪かったよ。知らないふりしてて」

「知られたくなかったな、勇作くんには……勇作くんにだけは……」

「そんなことより、AVはどうなったんだい？」

勇作はうつむいている由麻の肩をつかみ、顔をのぞきこんだ。チャームポイントの大きな眼が泣き腫《は》れていた。

「俺、外出恐怖症が治ったんだ。由麻ちゃんと自転車事故を起こした坂があるだろう？　あそこでまた……今度はひとりですっ転んで、眼が覚めたら治ってたんだよ……だから……」

「それも、貴子さんに聞いたけど……」

由麻は勇作の手から逃れて、着替えもせずにベッドにもぐりこんだ。とにかくいまは疲れきっていて、なにも話をしたくないという様子だった。

翌朝早く、貴子がAV製作会社の監督を伴《ともな》って部屋にやってきた。

ふたりともひどくシリアスな顔をしていた。

「あなたは席をはずしてもらえる？」

貴子に言われたけれど、勇作は無視して部屋の隅に座りこんでいた。由麻はまだ昨日からのショック状態を引きずっていて、ベッドから起きあがれなかった。とても外に連れだせる雰囲気ではなかったので、貴子はしかたなさそうに、監督と一緒にベッドの横に腰をおろし、話を始めた。

「ねえ、由麻。あなたの気持ちもわからないではないけど、これは仕事なの。気が変わったから出たくなくなりましたとか、そういう話は通用しないの。あなただけじゃなくて、現場のスタッフさんからメーカーの宣伝の人、いろんな人が生活をかけて頑張ってるお仕事なのよ……これ、見て」

貴子はバッグから数枚の紙を取りだし、顔をそむけている由麻の鼻先に突きつけた。

「あなたがサインした契約書。これ、わたしが無理やりサインさせたわけじゃないわよね？　あなたがもっと頑張って仕事をしたいって言うから、ふたりで相談してAVで頑張っていこうって決めたのよね？」

かった。

　由麻は蚊の鳴くような声で言い、布団に頭からもぐりこんだが、貴子は許さなかった。

「逃げないで、ちゃんと話しあおうっ！」

　声を荒らげて布団を剝がした。由麻は昨日帰ってきたままの、黄色いミニのワンピース姿で、エビのように体を丸めていた。

「ねえ、由麻。ちゃんと話して。どうして急にAVに出たくなったのか、わたしや監督にわかるようにちゃんと説明して」

「だから……」

　由麻はのそのそと起きあがり、ベッドの上に正座した。

「昨日も言いましたけど、男優さんの顔を見た途端……この人に抱かれるのかと思ったら、体が内側から震えだして……」

「なに言ってるのよ。加東《かとう》さんは業界屈指のテクニシャンで、女の扱いにかけたら右に出る者はいないのよ。わたしも現役のときカラんだことあるけど、そりゃもう、ものすごいフィンガーテクで……」

「じゃあ、由麻ちゃん……」

監督が険悪なムードを和《やわ》らげるように柔和《にゅうわ》な笑みで言った。

「男優が替われば出演してくれるって、そういうことかな？　それなら、相談に乗るから。愛実由麻のAVデビュー作には、うちとしても社運を賭けてるんだ。降りるなんて言わないでくれよ」

「いいえ……」

由麻はこわばった顔で首を振り、

「べつに加東さんに不満があるわけじゃないんです。そうじゃなくて……わたしやっぱり、好きな人以外とは……エッチしたくない」

「甘ったれたこと言いなさんなっ！」

貴子がキレた。

「あなたねえ、これは仕事で契約書も交わしてるって言ってるのよ。一方的に契約を反故《ほご》にしたら、ン千万の違約金が発生するの。わたしは払わないわよ。それどころか、マネージメント契約も打ちきります。一度でも現場を飛ばしたタレントなんて、どこも使ってくれないから、あなたどうなると思う？　借金返すために、フーゾクにでも沈むしかないでしょうね。ソープランドやホテトルや、結局、好きでもない男に抱かれることになるわけよ。それがわかってるから、わたしはこうやって……」

「あのう……」

勇作は見るに見かねて立ちあがった。このままでは誰も幸せにはならない、と思った。貴子も監督も困り果てていたし、由麻は完全に顔色《がんしょく》を失っている。若い身空《みそら》で何千万もの借金を背負わされれば、貴子の言うとおり、その後の人生は確実に暗いものとなるだろう。

かといって、由麻が他の男に抱かれるのを、黙って見過ごすわけにもいかなかった。由麻がそれを頑《かたく》なに拒んでいるように、勇作だって断固反対だった。ならば、解決策はひとつしかない。

「ねえ、貴子さん。僕に男優やらせてくださいよ」

「はあ?」

振り返った貴子が、唖然としたように眼を見開く。一拍おいて、由麻と監督も同じような眼を向けてきた。

「なあ、由麻ちゃん。それならいいだろう? 由麻ちゃんだけに恥をかかせないよ。俺……由麻ちゃんに借りがあるし……着エロしながら生活の面倒見てもらえなかったら、この部屋で餓死してたかもしれないんだし……な、由麻ちゃん。俺に男優やらせてくれよっ！」

「勇作くん……」

由麻はいまにも泣きだしてしまいそうな顔で勇作を見つめ、貴子と監督は息を呑んで顔を見合わせた。

2

数日後、勇作は件《くだん》の監督が所属するＡＶメーカーのオフィスを訪れた。

撮影のためだった。

貴子も監督も、そして由麻も、結局、勇作が男優をやることで由麻のＡＶ作品を撮影することを了承したのである。貴子や監督は、どんなことをしても企画を完成させようと執念を燃やしていたし、由麻は由麻で、いったん契約書にサインしてしまった以上、出演から逃れられないことを理解していた。

「本当にいいの？　ＡＶ男優なんてやっちゃって」

ふたりきりのとき、貴子が心配そうな顔でささやいてきた。

「由麻は……あの子は曲がりなりにもモデルだし、これから芸能界で頑張っていこうっていう目標があるけど、あなたはこれから、真面目な社会人になろうとしてるんでしょ？　将来がどうなっても知らないわよ」

「いいんですよ」

勇作は力なく笑った。

「僕にとって将来は、由麻ちゃんとずっと一緒にいることですから。彼女ひとりにつらい思いさせるわけにはいきません」

正直に言えば、AV出演が巻き起こすまわりの反響が怖かった。人前でイチモツをさらすことに抵抗がないわけがないし、人前で射精を果たすと思うと顔から火が出そうなほど恥ずかしかった。そもそも、カラミのときにしっかりと勃起できる自信すらない。

それでも、やると決めたからにはやるしかなかった。

由麻のデビュー作は最初、安田葵と前川湖波といういまをときめく二大AV女優と共演し、華々《はなばな》しく撮影される予定だった。しかし、由麻が現場から逃げだしてしまったことで、ふたりの出演は中止、スタジオのキャンセル料も発生して、予算が激減してしまったらしい。

そこで監督は、スタジオ代のかからない自社のオフィスを舞台にしたシナリオを急遽《きゅうきょ》書きあげた。

由麻の役は制服のよく似合うマドンナＯＬで、勇作はのぞきが趣味の清掃作業員。ある日、由麻の放尿ビデオを撮影することに成功した勇作は、それを使って由麻を脅し、次々といやらしいことを要求して、やがて手込めにしてしまうというストーリーである。

（よりによって、のぞき魔かよ……）

現場で台本を読んだ勇作はがっくりしてしまった。オフィスものであることは前もって聞かされていたので、トレンディドラマのようなラブストーリーを期待していたのに、汚れの変質者役とは泣けてくる。

とはいえ、それでいいのだろう。エロＤＶＤをレンタルしてきて、作り手の自意識過剰な演出に付き合わされるほど腹がたつことはないからだ。泥臭いほどのすけべ心を前面に出された作品のほうが、ずっと感慨深いオナニーに耽《ふけ》ることができるということを、二十二歳まで童貞だった勇作はよく知っていた。

撮影はまず、トイレをのぞくシーンから始まった。

清掃員の衣装を着けて女子トイレの前に行くと、白いブラウスに紺のベスト、同じく紺のタイトスカートという衣装を身につけた由麻がいた。視線が合うと、頬を赤く染めて顔をそむけた。

（か、可愛いじゃないかよ……）

　勇作は思わずまじまじと見つめてしまった。ヘアもメイクもプロの手によってきっちりと仕上げられた由麻は、家で見ているときの何倍も、いや何十倍も輝いて見えた。

「ああ、キミ……」

　監督が勇作の肩を叩いて言った。

「格好つけた芝居とか照れ笑いは厳禁だからね。欲望剥きだしのどすけべな感じで、最後までキャラを貫いてくれ」

「……はい」

　勇作が武者震いしながらうなずくと、

「よし、それじゃあ由麻ちゃんがおしっこしてるところを、彼がのぞくところからいってみようか」

　監督は振り返ってスタッフに声をかけた。映画やドラマほどではないのだろうが、カメラマンに照明さんに音声さんが、それぞれの機材を手にして狭いトイレにひしめきあっている。貴子や製作スタッフも含めれば、十人弱の人間がのぞき魔に扮した勇作を見ている。

「よーい、はいっ！」

監督のかけ声とともに撮影がスタートした。

由麻が女子トイレに入ってくる。三つある個室のうち、ふたつには「故障中」の貼り紙がされていて、由麻が残りの個室のドアを開くと、そのドアは閉じなくなってしまう。

「ええっ、やだあ……」

由麻は困惑して可愛い童顔を歪めるが、尿意が差し迫っていて、しかたなくドアを開けたまま個室に入る。タイトスカートのホックをはずし、ファスナーをさげ、スカートをずりあげていく。センターシームも生々しいパンティストッキングと、そこから透けた純白のパンティを露《あらわ》にする。

（ああっ、由麻ちゃん……）

清掃用具入れの陰からその様子をのぞいている勇作は、胸が張り裂けそうだった。着エロ・アイドルである彼女は、普段の撮影でもっと過激な姿をカメラの前にさらしているのだろうが、わかっていても心が軋《きし》む。

するとカメラの側にいる監督が、白いスケッチブックに「もっとすけべな顔でのぞいて！」と書いて見せてきた。声を出せない状況でスタッフが演者に指示を出すときに使うカンニングペーパー、略してカンペと呼ばれるものだ。

（ちくしょう……）

勇作はわざとらしく眼を見開き、鼻の穴をふくらませたすけべ顔をつくって、由麻のほうを見た。ちょうど由麻が、中腰になって恥ずかしそうにもじもじと身をよじり、パンティとパンストを同時にずりおろしたところだったので、口までだらしなく開いてしまった。

着エロ・アイドルがAV女優に生まれ変わった瞬間だった。

ついに一線を越えてしまったのだ。

すぐに便座に腰かけてしまったけれど、スカートをあげて下着をさげたのだがから、綺麗に刈りこまれたハート形の恥毛が撮影スタッフの前にさらされた。いままでは水着や褌《ふんどし》で隠していた部分をさらけだしてしまった衝撃に、由麻のふっくらした頬は可哀相なほどひきつっている。

（ついに……ついに見せちまった……いままで俺だけが独占していた、恥ずかしい草むらを……）

勇作の心は千々《ちぢ》に乱れていったが、苛酷な撮影はまだ始まったばかりだった。

便座に腰かけたまま虚《うつ》ろに視線を泳がせていた由麻が、

「……あっ」

と視線を泳がせた。

放尿が始まったのだ。

ジョロジョロという身も蓋《ふた》もない音が女子トイレ中に響き渡り、由麻の頬はますますひきつった。しかし、羞じらいながらもカメラを意識しているのか、放尿の解放感を表情で演じようとしている。眼を細めて唇を半分開き、せつなげに眉根さえ寄せていく。

(なんだよ、由麻ちゃん。人前でおしっこしてるのに、そんな顔するなよ!)

勇作は憤怒《ふんぬ》に駆られ、地団駄を踏んでしまいそうだった。

これは仕事なのだから、恥ずかしがってばかりいてはいけない。そんなことはわかっている。カメラを向けられてサービス精神を発揮してしまうのは、モデルの性《さが》なのかもしれない。それでも、人前で放尿しながら気持ちよさそうな顔をしているのは、許せなかった。

やがて放尿の音がとまり、由麻は水洗のボタンを押した。

ほのかに漂ってくるアンモニア臭と、陰部に洗浄シャワーを浴びてますます悩ましげに眉根を寄せる由麻の表情が、勇作の胸を揺さぶりたてる。怖いくらいに心臓が早鐘を打ち、全身が燃えるように熱くなっていく。

いよいよ出番のときだった。

勇作が清掃用具入れの陰からふらりと出ていくと、

「きゃっ！」

由麻は眼を見開いて手で口を押さえた。

「ククク、いまの一部始終、こいつで撮らせてもらったよ」

勇作は手にしたカメラを由麻に誇示した。

「会社中にばら蒔かれて恥ずかしい思いをしたくなければ、言うことをきいてもらおうか。クククッ……」

猫背になって、下卑《げび》た笑いを浮かべてやる。自分でも嫌になるほど、変質者ぶりが板についていた。羞じらいながらもいやらしい表情を見せた由麻に対する、怒りのせいもあった。それを撮影されてしまった嫉妬だってある。

だが、勇作はそれ以上に興奮していた。

由麻には申し訳ないけれど、品性の欠片《かけら》もないのぞき魔を演じられることに不思議な高揚感を覚えていた。ＯＬの制服姿も初々《ういうい》しい彼女を好き放題にもてあそべると思うと、身震いがとまらなくなるほど欲情してしまった。

（いいんだ……それでいいんだ……下手に遠慮なんかしたら、撮影が台無しになっちまう……）

勇作が自分で自分に言いきかせながら、下卑た笑いを浮かべていると、

「許してください……」

由麻は黒い瞳を潤ませて、すがるように言ってきた。

「こんな写真をばら蒔かれたら、わたし……わたし、会社に来られなくなっちゃいます……いいえ、お嫁に行けなくなっちゃいますっ！」

「だったら、言うことをきくんだ」

勇作は由麻の腕を取り、強引に立ちあがらせた。

「あああっ……」

由麻は小さく悲鳴をあげて、いやいやと身をよじった。その下半身では、スカートが腰までずりあがり、パンティとパンストが膝までずりさがって、眼に染みるような腹部の白い肌と、ハート形の恥毛が露《あらわ》になっていた。

（たしかに……）

勇作は息を呑んで由麻の恥ずかしい姿を凝視しながら、胸底でつぶやいた。こんなところを撮影され、あまつさえＤＶＤショップやインターネットで販売され

れば、お嫁に行けなくなってしまうかもしれなかった。

「ああっ、見ないでっ！　見ないでくださいっ！」

由麻は両手で股間を隠そうとしたが、勇作は許さなかった。両手をつかんで、ハート形の恥毛をさらしものにし続けた。狭い個室の中でしばし揉みあっていると、

「カーット！」

と監督が声をかけてきた。

「ふたりとも、なかなかいい感じだよ。それじゃあ、オフィスに移って次のシーンいってみよう」

3

AVメーカーのオフィスというものは、もっと雑然としたところだとばかり思っていたので、勇作は軽く驚いた。

意外なほど整理整頓が行き届き、デスクやチェア、応接コーナーの革張りのソファまで、就職活動でまわった普通の企業と雰囲気が変わらない。オフィスものの作品の撮影現場として使用するために、わざわざそんなふうにしているのかも

しれないと勘ぐりたくなるほどだった。

　そして、そこにたたずむ制服姿の由麻は、まさしく可憐で清純なマドンナＯＬそのもので、こんな子がお茶を淹《い》れたりコピーをとってくれたら、毎日ドキドキしてしまって仕事にならないだろうと思われた。

　しかも、彼女はただの制服姿ではない。

　のぞき魔に女子トイレから引っ張ってこられたという設定なので、ずりあげられたスカートも、ずりさげられた下着も先ほどまでと同じ状態であり、ハート形の恥毛を両手で隠して、恥ずかしそうにうつむいていた。

（たまらないよ、もう……）

　勇作はごくりと生唾を呑みこむと、

「本当になんでも言うことをきくんだな？」

　下卑た笑いを浮かべて由麻の顔をのぞきこんだ。

「はい。なんでも言うことをききます。だから、おしっこの写真をばら蒔くようなことだけはしないでください。お願いします……」

「それじゃあ、まずはおっぱいを見せてもらおうか」

　勇作がうながすと、

「ううっ……」

由麻はサクランボのような唇を嚙みしめながら、ベストのボタンをはずしはじめた。両手を使わなければボタンがはずせないので、必然的に股間を隠すことができなくなる。手入れの行き届いたハート形の恥毛と、ミルク色に輝く下肢の素肌が露になり、恥ずかしそうに太腿をこすりあわせている仕草が、尋常ではないいやらしさだった。

由麻がブラウスのボタンもすべてはずし、白いレースのフルカップ・ブラを見せると、

「それもだ。ホックをはずしてずりあげるんだ」

興奮のあまり、勇作の声は荒ぶった。

「あああっ……もういやっ！」

由麻は悲痛な面持ちで、言われたとおりにホックをはずした。恥ずかしそうに身をよじりながらカップをずりあげ、たわわに実った双乳をはずませた。

（うわあっ……）

勇作は息を呑んで眼を見開いた。撮影用のスポットライトが熱いくらいに浴びせられているので、巨大なふくらみがいつにも増して白く輝いて見える。

「ううう っ……ううう っ……」

由麻はずりあげたブラを両手でつかんだまま、いまにも泣きだしてしまいそうだった。股間の草むらに加え、着エロの撮影ではぎりぎり隠し抜いていたバストトップまで、ついにカメラの前にさらけだしてしまったのだ。

その心中は察して余りあったけれど、いまの勇作には、窮地に立たされている恋人をやさしく思いやることはできなかった。与えられた役は、あくまでのぞき魔であり、恥ずかしい写真を楯にマドンナＯＬをもてあそぶ、卑劣漢中の卑劣漢なのである。

「ずいぶんいやらしいおっぱいしてるじゃないか？」

右手の人差し指を伸ばし、たっぷりと量感がある裾野から、上に向かって撫であげていく。

「可愛い顔して、まさかこんなに巨乳だとわねえ……」

ツツーッ、ツツーッ、と裾野から頂点に向けて指をすべらせていくと、

「言わないでくださいっ……んんっ！　おっぱい大きいからって、いじめないでくださいっ……」

由麻は身をよじりながら恨みがましい眼で見つめてきた。しかし、容赦するわ

けにはいかない。ここはふたりきりのベッドではないのだ。

「いじめずにはいられないねえ。こんなすけべなおっぱいは、男にいじめられるためにあるんだよ」

勇作は裾野から頂点へ一本指をすべらせながら、先端で咲き誇る薄ピンクの乳首に熱い視線を注ぎこんだ。乳暈《にゅううん》をコチョコチョくすぐってやると、まだ陥没《かんぼつ》したままだった乳首が、むくむくと物欲しげに隆起してきた。

「クククッ、巨乳のくせして、感度は抜群みたいじゃないか。そーら、乳首が勃《た》ってきた……」

裾野から乳肉をすくいあげて揉みしだき、チューブからマヨネーズを搾《しぼ》るように尖らせていくと、

「ああっ、いやあっ！」

由麻は栗色の髪を振り乱して首を振った。勇作はかまわず、左右の乳首をつまみあげ、上に向けて引っ張った。

「あううーっ！」

由麻は悲痛な声をあげて、黒いパンプスで爪先立ちになった。犬の芸で言うところのチンチンのようなポーズだった。乳首の刺激を緩和するためにそうしたの

だろうが、代わりにいとも恥ずかしい姿を披露する結果となった。なにしろ由麻は、乳房だけではなく、恥毛も露出しているのである。重量感あふれる巨乳が乳首に引っ張られている光景もいやらしすぎたが、恥毛丸出しで爪先立ちになり、もじもじと太腿をこすりあわせている様子は、この世のものとは思えないすけべオーラを放って、勇作を悩殺した。

「あううっ、引っ張らないでっ……乳首を引っ張らないでえええっ……」

由麻は真っ赤になった顔を左右に振ったが、同時に監督がカンペを勇作に向けてきた。「いいぞ町田くん！　もっとすけべに！　もっとすけべに！」と煽りたててくる。

(よーし……)

台本ではたしか、立ったまま愛撫を続けることになっていたが、淫らな閃《ひらめ》きが勇作を衝《つ》き動かした。左右の乳首から手を離すと、

「机の上に乗るんだ……」

ハアハアと息をはずませている由麻をうながし、パンプスを履いたまま机の上に立たせた。由麻は足元が覚束《おぼつか》なかったが、勇作の言葉に素直に従った。

「よーし、そのましゃがんで恥ずかしいところを見せろ」

「ううっ……うううっ……」

由麻が可憐な顔をくしゃくしゃにするばかりで動けないでいると、

「言うとおりにしないと、恥ずかしいおしっこ写真を本当にばら蒔くぞ。いいのか、それでも」

勇作は卑劣なのぞき魔になりきってドスを利かせた。

「ううう……あああっ……」

由麻は濡れた瞳に諦観《ていかん》を浮かべて、ゆっくりと腰を落としてきた。和式トイレにしゃがみこむ要領で、膝にパンティとパンストのからんだ両脚を立て、勇作の眼の前で卑猥なM字に割りひろげた。

「おおおおっ……」

勇作が低い声をもらし、背後の撮影スタッフがいっせいに息を呑んだ。

ついにさらけだしてしまったのだ。

商品パッケージではモザイクの向こうに隠されてしまうが、現場では十人近い撮影スタッフの前に、由麻は女のいちばん大事な部分を露出してしまったのだ。

「見ないでっ！　見ないでくださいっ！」

由麻は涙に潤んだ声をあげ、真っ赤になった顔を両手で隠した。まさに、頭隠して尻隠さずである。顔を隠したところで、M字に開かれた両脚の中心では、アーモンドピンクの花びらが咲き誇っていた。まわりの繊毛が処理されているぶん、生々しい色艶《いろつや》も、くにゃくにゃした形状も、肉の合わせ目がキラリと光っているところまで、すべてが詳《つまび》らかだった。

（ああっ、由麻ちゃんに……由麻ちゃんにこんなことをさせるなんて、俺はなんてひどい男なんだろう……）

のぞき魔を演じている勇作は、いまにも涎《よだれ》を垂らしそうな下品きわまりない顔で由麻の陰部をむさぼり眺めながらも、罪悪感に胸を締めつけられていた。

しかし、やらねばならないのだ。

撮影前、貴子に耳打ちされた言葉が脳裏に蘇ってくる。

「わかってると思うけど、やるなら本気でやりなさいよ。由麻に変な気を遣ったり、勃ちが悪かったりしたら、その場で交替させられるからね。監督は他の男優さんを別室に待機させてるから、そのつもりでいなさい」

プロの監督が素人男優を起用するリスクに対し、保険をかけるのはある意味で当然のことかもしれない。だが、勇作は追いつめられた気分になった。万が一にも、プロの男優に交替させられるわけにはいかなかった。

貴子はまた、こうも言った。

「でも、あなたならできるはずよ。由麻をとことん感じさせることができるはず。だってあなたを仕込んだのは、このわたしなんですからね。いい？　あなたは百本以上のＡＶに出て、一世を風靡《ふうび》したクイーン・オブ・ＡＶ、フローレンス貴子の弟子みたいなものなのよ。そのへんの男優より、よっぽどテクがあるはずなんだから」

たとえ素人男優に自信をもたせるための体《てい》のいい励ましであったとしても、勇作はその言葉を胸にカメラの前に立っていた。

4

「ダメじゃないか、顔を隠しちゃ」

勇作は由麻の両手を顔から剝がし、険しい表情で睨みつけた。衆人環視の中で女の花を露にした由麻の顔は恥辱で歪みきり、怯えきっていたけれど、かわまずその手をふたつの胸のふくらみに導いていく。

「両手はここだ。そら、自分で自分の乳首をつまむんだ」

悩ましく尖った左右の乳首を、親指と人差し指でつまませた。

「いやーんっ！」

由麻は両手で乳首をつまみながら、巨乳の裾野をタプタプ揺らして羞じらった。

「ククッ、いい格好だよ。それならもう、顔を隠したりできないだろ？」

勇作は眼を血走らせて言い、

「ううう……くぅううう……」

由麻は耳から首まで真っ赤に燃やして、顔をそむけた。つらそうに眉根を寄せ、唇をわななかせる横顔がどこまでもエロティックだ。

いや……。

勇作はこみあげてくる興奮に、罪悪感が凌駕《りょうが》されていくのを感じていた。横顔だけではなく、ＯＬの制服から女の恥部という恥部をさらし、デスクの上で蹲踞《そんきょ》している由麻の姿はいやらしすぎた。しかも、両手で乳首をつまませたことで、すべては無防備だった。羞じらっている可憐な童顔をむさぼり眺めることもできるし、あられもなく露出された両脚の間だって思う存分のぞきこめる。

「濡れてるみたいじゃないか？」

勇作は熱っぽい吐息を、ふうっと由麻の股ぐらに吹きかけた。自分の吐息に、ねっとり湿った女の匂いが孕《はら》まれて返ってくる。

「神聖な職場でこんな格好をさせられてるのに、興奮してるのか？」

アーモンドピンクの花びらに右手を伸ばし、親指と人差し指で女の割れ目を割りひろげると、

「あああああっ……」

由麻は両手で乳首をつまんだまま悶え泣いた。

「むむっ、本当にすごいぞ」

勇作は机の下にしゃがみこみ、ひろげた割れ目をまじまじと眺めた。薔薇の蕾のようにひしめきあった薄桃色の肉ひだが、淫らな分泌液で濡れ光り、刺激を求めるようにひくひくと息づいている。

「ほーら、こんなに濡れてるじゃないか？」

割れ目から粘液を指ですくうと、まだ白濁した本気汁は漏らしていなかったものの、ねっちょりと糸を引いた。

「興奮してるんだろ？　感じてるんだろ？　のぞき魔に体をいじられてこんなに濡らすなんて、まったくなんていやらしいＯＬなんだ……」

言いながら、勇作は指を使って割れ目をいじった。役柄はのぞき魔でも、その

正体は毎晩のように彼女を抱いている恋人だ。由麻の性感帯は、指がしっかりと記憶している。

あふれた花蜜をまぶしながら花びらをいじり、じわじわと肉の合わせ目に刺激の中心を移していく。いくぞ、いくぞ、と威嚇《いかく》するように、クリトリスのまわりで指を泳がせ、時折、ちょんと触れてやる。

「あぅううっ！　許してくださいっ……もう許してくださいっ……」

由麻は生々しいピンク色に上気した顔をひきつらせて、悶え泣いている。勇作の指が、普段のメイクラブのときと同様、的確に性感帯を捉えていることに、怯えているようでもある。それでも、両手でつまんだ乳首を離さないのだから、律儀と言えば律儀だった。

「なにが許してくださいだ、こんなに濡らしてなに言ってるんだ」

勇作は五指を躍らせて、女の割れ目とその周辺をいじりまわした。刺激を受けた割れ目はしとどに発情のエキスを漏らし、やがて猫がミルクを舐めるようなぴちゃぴちゃという音がたちはじめた。

「ああっ、やめてっ……いやらしい音をたてないでっ……」

「自分が濡らすからいけないんじゃないか。ええ？　神聖な職場でこんなに濡らして、恥ずかしくないのかよ」

下卑た口調で責めたてながらも、勇作は心で泣いていた。できることなら、このエロすぎる由麻の姿を、独り占めにしておきたかった。ふたりきりの秘密にしておきたかった。

しかし、別室に控えているAV男優と交替させられないためには、さらに乱れてもらわなくてはならない。ふたりきりのときは禁欲していたハードな責めで、由麻を翻弄《ほんろう》しなければならない。

(見てろよ……)

勇作は背後にいる監督やカメラマン、そして貴子をチラリと見た。全員が、お手並み拝見とばかりに、値踏みするような視線をこちらに向けている。

「あううっ!」

由麻が白い喉を見せてのけぞった。勇作の指が、ぬぷりと割れ目に沈みこんだからだった。

「濡れてるだけじゃなくて、すごい締まりじゃないか」

勇作はニヤニヤと笑いながら、指を奥へと侵入させていく。

「ほーら、オマ×コが自分から指を呑みこんでいくぞ。おおおっ……指が食いちぎられちまいそうだよ」

「あううっ……や、やめてっ……許してっ……くぅううううーっ！」

指が奥まで侵入し、びっしりと詰まった肉ひだを掻き混ぜはじめると、由麻は言葉を継げなくなった。ただハアハアと息をはずませ、眼を見開いて怯えたように勇作を見つめるばかりだった。

（ああっ、本当にすごい締まりだ……）

緊張のせいもあるのかもしれないが、いつもにも倍した蜜壺の食い締めに、勇作は唸った。しかし、締まるということは、感じやすくもなっているということだろう。つまり、いまだ由麻には試したことのない指技の封印を解く、絶好のチャンスが巡ってきたということだ。

「あうううっ！」

蜜壺の中でぐりんっと指をまわすと、由麻は鋭い悲鳴をあげた。コリコリした子宮口のまわりが彼女の急所だった。しかし、女の体には、それ以上の急所が存在している。勇作は上壁のざらついた部分に指をあて、ぐいっと押しあげた。

「くぅううっ！」

由麻の表情がひきつり、紅潮した頬がぴくぴくと痙攣《けいれん》した。なにをするつもりなの？　と視線で訴えてきた。

勇作はニヤリと口許に笑みを浮かべ、由麻と視線をからめたままＧスポットを責めはじめた。はじめはゆっくりとしたリズムで、ぐいっ、ぐいっ、と押しあげた。由麻の童顔が淫らに歪んでいくのを確認しながら、鉤《かぎ》状に折り曲げた指でざらついた壁を掻き毟《むし》りはじめた。

「そっ、そこはやめてっ……」

由麻はあきらかに焦《あせ》っていた。マドンナＯＬを演じることを忘れ、のぞき魔ではなく勇作に訴えてきた。

「おっ、おかしくなるっ……そこはダメッ……ぐりぐりしたら、おかしくなっちゃううううーっ！」

「なったらいいよ……」

勇作は息を呑んで指先に力をこめた。アーモンドピンクの花びらをめくりあげては巻きこみ、鉤状に折り曲げた指を抜き差ししはじめた。

「おかしくなって、乱れればいい……そーら、気持ちいいんだろう？」

じゅぼじゅぼと音をたててＧスポットを刺激すると、

「はっ、はぁおおおおおおーっ！」

由麻の口から、いままでとはまったく違う声音《こわね》の、獣じみた悲鳴が迸《ほとばし》った。のけぞった拍子に、尻餅をついた。いくら律儀な彼女でも、さすがに乳首をつまんでいられなくなり、両手を後ろにまわして体を支えた。

「ダメダメダメッ……そんなにしないでっ……ぐりぐりしないでえええっ……」

「気持ちいいんだろう？　オマ×コはもう、洪水状態だぞ」

勇作は、ぬんちゃっ、ぬんちゃっ、と悠然としたピッチで鉤状に折り曲げた指を出し入れしながら、左手で肉の合わせ目をまさぐった。

由麻の場合、ヴィーナスの丘以外の恥毛は綺麗に処理されているから、クリトリスの位置は見た目からしてあきらかだった。包皮から半分ほど顔を出した真珠肉に指をあてがい、ねちねちと転がしてやる。Gスポットを内側と外側から挟みこむように刺激していく。

「ダ、ダメッ！　ホントにダメえええええーっ！」

由麻は栗色の髪を振り乱し、切羽つまった悲鳴をあげた。それでも脚を閉じることができない。逆に、膝に残ったパンストとパンティをちぎれるくらいに伸ばしながら、みずから脚を開いていく。勇作が送りこむ抜き差しにピッチを合わせて、腰までくねりはじめる。

「いやらしいな。腰が動いてるじゃないか」

「言わないでっ……ああっ、言わないでっ……そんなにしたらっ……そんなにしたら、はぁうううううううーっ！」

由麻の腰が、ビクンッ、ビクンッ、と跳ねあがった。

「そんなにしたら、漏れるっ……漏れちゃうよっ……由麻、お漏らししちゃうよおおおおおーっ！」

絶叫とともに、由麻の股間からピシューッ！　と潮が噴きだした。美しくも、大量の潮だった。

「いやあああああっ……いやあああああっ……」

「そら、そらっ……もっと漏らせっ！　もっと漏らせっ！」

勇作は鉤状に折り曲げた指でGスポットを掻き毟りながら、AVスタッフのプロ根性に感心していた。由麻が潮を噴きだす直前、M字開脚の正面に素早くカメラマンが移動してきて、由麻の噴く潮をしっかりとレンズに浴びていた。

5

オフィスの撮影現場は異様な熱気と静寂に包まれていた。

したたかに潮を噴いた由麻は机の上で倒れこんだまま、両脚の間も隠すこともできないで呼吸をはずませている。机は完全に潮まみれになり、由麻の膝にからんだ二枚の下着も、膝から下を包んでいるナイロン被膜もびしょ濡れになって、リノリウムの床にまで淫らな水たまりができていた。

「……すげえな」

背後でスタッフがひそひそとささやきあっている。

「加東さんもびっくりのフィンガーテクじゃないか。彼、本当に素人《しろうと》なのか？」

「しっ！」

監督はスタッフのおしゃべりを制すると、勇作にカンペを向けてきた。「いいぞ、その調子だ。台本なんてどうでもいいから、好きなように由麻ちゃんを犯しちゃって！」。監督の顔は真っ赤に上気していた。可愛い顔した由麻が潮を噴いたことに興奮しているのか、傑作が撮れそうな予感に興奮しているのか、おそらくその両方だろう。

勇作はうなずいた。

（ごめんよ……ごめんよ、由麻ちゃん……）

AV女優としてデビューした由麻に、「可愛い顔してド淫乱」とか「潮噴き由麻」というキャッチフレーズがつけられると思うと胸が痛んだが、もう後戻りできないところまできてしまっていた。

「おいおい、いつまで休んでるんだ？」

勇作は由麻の下肢に手を伸ばし、潮でびしょ濡れになった二枚の下着とパンプスを脱がせた。

「自分ばっかり気持ちよくなるなんてずるいじゃないか。さあ、今度はこっちが気持ちよくしてもらう番だ」

由麻はハアハアと息を荒らげながら上体を起こし、

「……そうですね」

栗色の髪をかきあげた。乱れた髪の奥から現れた表情を見て、勇作の心臓はドキンとひとつ跳ねあがった。由麻の眼つきは完全に変わっていた。潮を噴いたことで、獣の牝の本能に火がついてしまったらしい。

「それじゃあ、のぞき魔さん。今度はわたしがお返しさせていただきます」

机からおりてきた由麻は、勇作の足元にしゃがみこんでズボンのボタンをはずし、ファスナーをおろした。ズボンごとブリーフをずりさげて、勃起しきった男の欲望器官を取りだした。

「すごい……」

由麻が上目遣いで頬をひきつらせる。たしかにすごかった。下腹に貼りつきそうな勢いで反り返ったおのが男根に、勇作は自分でも驚いた。

(勃《た》ちが悪かったらどうしようなんて、心配して損したよ……)

業務用の大きなカメラを向けられ、スポットライトを何灯も浴びて、緊張していないわけではなかった。撮影スタッフに取り囲まれてなお、いつも以上に勃起せずにはいられないほど、由麻をもてあそぶことに夢中になってしまったのだ。可愛い彼女に潮まで噴かせたことに、興奮してしまったのだ。

由麻の指がそそり勃つ根元にからんだ。

上目遣いで勇作を見つめながらピンク色の舌を差しだし、

「ぅんあっ……」

と亀頭を頬張った。

「むううっ……」

生温かい口内粘膜で敏感な男性器官を包みこまれ、勇作の腰は反り返った。由麻がサクランボのような唇をスライドさせはじめると、顔を真っ赤にして首にくっきりと筋を浮かべた。衆人環視の中で悶え顔を披露しているくせに、ペニスはどこまでも硬く、野太くなっていく。

（俺、恥の感覚が欠如してるのかな……）

と思わないわけではなかったが、おそらくそうではない。相手が由麻だからだ。こんな可愛い女の子にイチモツを咥《くわ》えられ、舐めしゃぶられていることが、まわりに自慢したくなるほど嬉しいのだ。嬉しさが興奮を呼び、男の欲望器官をはちきれんばかりにみなぎらせていくのだ。

「ぅんんっ……ぅんんんっ……」

由麻は鼻息をはずませながら、慈《いつく》しむように勇作のペニスを舐めしゃぶってきた。可憐な双頬をべっこりと凹ませ、じゅるっ、じゅるるっ、と口内の唾液ごと吸いたててきた。

いつになく情熱的なフェラチオだった。

興奮しているのだろうか？

衆人環視の中で男のものを頬張っているのに、欲情しているのか？

「……もういい」

勇作は由麻の口唇から唾液にまみれたペニスを引き抜くと、由麻の腕を取って立ちあがらせた。

一刻も早く、由麻が欲しくなってしまった。両手をつかせ、立ちバックの体勢で尻を突きださせた。台本ではたしか、挿入はソファに移動してからとなっていたはずだが、かまいやしなかった。この高揚しきった気分のままに、由麻を貫きたい。ひとつになって恍惚《こうこつ》を分かちあいたい。

「……いくぞ」

鬼の形相《ぎょうそう》で膨張している亀頭を、女の割れ目にあてがった。潮まで噴いた由麻の女陰《にょいん》は、わずかに触れただけで、

「ああんっ！」

声があがり、腰が跳ねてしまうほど敏感になっていた。

「むうっ！」

勇作は由麻の腰を両手でつかみ、いきり勃つペニスを前に送りだした。卑猥に濡れた花びらを巻きこみ、ずぶりと亀頭を沈めこんだ。内側の肉ひだが刺激を求めていっせいにざわめき、吸いついてくる。これも潮噴きの影響か、いつもよりずいぶん収縮の具合が激しい。

「はぁあああああーっ！」

ずんっ、と子宮口を突きあげると、由麻は背中を反らせて悲鳴を放った。もは

や吹っきれてしまったのか、あるいは訪れた快感に耐えかねたのか、みずから白《はく》桃《とう》のような尻をプリプリと振りたててくる。

「むうっ……むううっ……」

勇作はすかさず腰を使いはじめた。結合の実感を嚙みしめる間もなく、使わずにはいられなかった。淫らにうごめき、吸いついてくる肉ひだが、じっとしていることを許してくれず、いきなりのフルピッチで、パンパンッ、パンパンッ、由麻の尻をはじいた。

「あああっ……はぁあああっ……はぁううううーっ！」

由麻の声が一足飛びに甲高《かんだか》くなっていく。勇作の打ちこむ一打一打に身をよじり、胸元で巨乳をタプタプと揺れはずませる。

「まったく、いやらしい女だな……」

勇作は卑劣なのぞき魔を演じながら、両手を胸元に伸ばしていった。OLの制服からこぼれた豊満なふくらみをむぎゅむぎゅと揉みしだいては、腰をグラインドさせて蜜壺をしたたかに搔き混ぜる。

「変質者に犯されてるのに、尻を振ってるじゃないか？　ええ？　自分から動いて、チ×ポを味わってるじゃないか？」

弾力に富んだ巨乳の揉み心地にうっとりしながらささやくと、

「……勇作くん」

由麻がせつなげに眉根を寄せて振り返った。

（ば、馬鹿っ！　なんで本名で呼ぶんだよ……）

勇作は焦ったが、次の瞬間、息を呑んだ。由麻の潤みきった瞳から、涙がひと筋、流れ落ちたからである。

「好きよ、勇作くんっ……由麻、勇作くんのこと大好きだよっ……」

とめどもなくあふれる涙は、歓喜の涙だった。泣けば泣くほど、由麻の童顔は淫ら色に輝いていく。

「なにを言ってるんだ……俺はのぞき魔なんだぞ……恥ずかしいおしっこ写真をネタにおまえを犯してる、卑劣な犯罪者なんだぞ……」

勇作は両手を再び由麻の腰に戻し、パンパンッ、パンパンッ、と連打を送りこんだ。よけいな言葉を吐かせないためには、怒濤《どとう》の突きで翻弄《ほんろう》するしかないと思った。

しかし由麻は、

「はぁううっ……いいっ！　いいようっ、勇作くんっ！」

勇作の本名を叫ぶのをやめようとはしない。

「とってもいいっ！　勇作くんのオチ×チン、すっごく硬くて、とっても気持ちいいいいいっ……」

「むむむっ……」

勇作は腰を振りたてながら、激しい眩暈《めまい》に襲われた。由麻はもはや、これがAVの撮影ということを忘れてしまったようだった。むしろ、忘れてしまいたいのかもしれなかったが、本名を呼ばれるのは最悪だ。変質者が卑劣な手段でOLを犯しているというストーリーなのに、ラブラブムードになってしまっては、NGになってしまう可能性だってある。

（ちくしょう、こうなったら……）

潮噴きに次ぐ切り札を切るしかなかった。本当はそこまでしたくはなかったが、両手で尻の桃割れをぐいっと開いた。恥ずかしげに顔を出した薄紅色のすぼまりは、発情のエキスを浴びてヌラヌラと濡れ光っていた。

「いいっ！　勇作くん、いいっ……もっとしてっ……もっと気持ちよくしてっ……あぁおおおおーっ！」

身をよじりながらよがり泣く由麻の声音が、唐突に変わった。勇作の指が、ぬぷりとアヌスに沈みこんだからだ。その瞬間、動きもとまって丸みを帯びた尻肉をただ小刻みに震わせるばかりになった。

「どうした？　もっと気持ちよくしてほしいんだろう？」

勇作は花蜜を潤滑油にして、指を第一関節から第二関節、さらに根元まで沈めこんでいく。

「どうだ？　たまらんだろ？　オマ×コ突かれながら尻の穴をほじられると、泣きたくなるほど気持ちいいだろう？」

指を深々と埋めこんだまま、ずちゅっ、ぐちゅっ、と蜜壺を穿《うが》つ。粘りつくような腰使いから、次第に速く、ずんずんと突きあげていく。

「あぁおおおっ……あおおおおおおおおーっ！」

由麻の興奮が爆発した。いままでの甲高い嬌声《きょうせい》ではなく、獣じみた低い声で唸りながら、五体の肉という肉を歓喜にぶるぶると痙攣させ、全身から脂汗をどっと噴きこぼした。

「ダ、ダメッ……おかしくなるっ……そんなことしたら、由麻おかしくなっちゃうよおおおおおおっ……」

「むうっ……むううっ……」

可憐な由麻の二穴を責めながら、勇作もおかしくなりかけていた。アヌスに指を咥えこんだせいで、ただでさえ締まりのいい蜜壺の食い締めが倍増した。したたかに締めつけながらひくひくと収縮し、勃起しきった男根を刺激してきた。フルピッチで突いているのに、まだまだ腰が動く。蜜壺の締まりに、動かされる。限界を超えて、ピストン運動が高まっていく。

（たまらないよ……）

あまりの気持ちよさに、ぎゅっと眼をつぶると熱い歓喜の涙があふれた。男根を一往復させるたびに、痺れるような快美感が体の芯まで伝わってきた。腰を引けば、まつわりついてくる肉ひだとカリの裏側がこすれる感触が、刺激的すぎてぶるるっと身震いを誘う。あらためて入り直していくときの、びっしりつまった肉ひだを掻き分けていく実感が、一打ごとに新鮮になっていく。

「ああっ、勇作くんっ……勇作くんっ……」

由麻は栗色の髪を振り乱しながら、相変わらず本名を呼びつづけていたが、勇作はもうどうでもよくなった。五体を揺るがす快感が、体中の血が沸騰していくような興奮が、ＡＶ撮影のことなど忘れさせた。ただ一心に、愉悦をむさぼることしかできなくなった。

「おおっ、由麻っ……由麻ああああっ……」

歓喜に涙を流しながら、愛しい女の名前を呼んだ。

「たまらないよ、由麻っ……由麻のオマ×コ、ぎゅうぎゅう締めつけてきて、チ×ポを食いちぎってしまいそうだよっ……」

「ああっ、してっ！　もっとしてっ！」

由麻がちぎれんばかりに首を振る。

「エッチな由麻のこと、めちゃくちゃにしてえええええっ……」

「むううっ！」

勇作はしたたかに腰を振りたてては、アヌスに沈めこんだ指をうごめかせた。ぎゅうぎゅうと締めつけてくる蜜壺の勢いに眩暈を覚えながら、子宮口をずんずんと突きあげた。すでに最奥まで届いているはずなのに、突けば突くほど、さらに奥まで突ける気がした。鋼鉄のように硬くなったペニスで、女体を後ろから串刺しにせんばかりに突きまった。

「好きだよ、由麻ちゃんっ……俺は由麻ちゃんのこと、世界でいちばん大好きだよおおおおーっ！」

もはやのぞき魔の仮面は完全に剝がれ、彼女を愛するただひとりの男として腰を使っていく。ずちゅっ、ぐちゅっ、と汁気の多い音をたて、愛する女を恍惚に追いこんでいく。

「いやいやいやっ……ダメえええええっ……」

由麻が切羽つまった声をあげた。

「そんなにしたら……イ、イッちゃうっ……由麻、イッちゃううううっ……」

「むむむっ、こっちもっ……こっちも出そうだっ……」

勇作は真っ赤な顔で叫んだ。台本では三回以上体位を変えるような指示があったが、そんなことはすでに頭の隅にも残っていなかった。こみあげてくる射精の前兆が五体を震わせ、頭の中を真っ白にしていく。

「ああっ、イクッ……もうイッちゃうっ……イクイイクイクイクッ……はぁおおおおおおおーっ！」

由麻がビクンッビクンッ、と体を跳ねさせたので、
勇作はアヌスから指を抜き、跳ねあがる由麻の腰を両手でつかんだ。パンパンッ、パンパンッ、と桃尻をはじき、フィニッシュの連打を開始した。

「むうっ……」

アクメに達した蜜壺と、射精直前で膨張していく男根が、どこまでも密着し、

一体化していく。歓喜の熱を発しながら、ずちゅずちゅっ、ぐちゅぐちゅっ、と音をたて、肉と肉とが溶けあうような錯覚さえ誘う。

「ももも、もう出るっ……出すよ、由麻っ……出しちゃうよっ……うおおおおおおおーっ！」

勇作は雄叫《おたけ》びをあげ、最後の一撃を打ちこんだ。ドピュッと勢いよく男の精を噴射した。ドクンッ、ドクンッ、と勃起しきったペニスを痙攣させながら、煮えたぎる熱い欲望のエキスを、由麻の中に注ぎこんでいった。

「はぁあああああっ……はぁああああっ……」

由麻は射精のたびに身をよじり、恍惚の彼方にゆき果てていった。お互いに身をよじりながら、痛切に性器と性器をこすりつけあった。

「おおおっ……由麻っ……由麻ちゃんっ……」

勇作は最後の一滴まで漏らしおえると、ぶるぶると震えている女体を後ろからぎゅっと抱きしめた。

「ああっ、勇作くんっ……」

由麻が欲情に蕩《とろ》けきった顔で振り返り、唇を重ねた。ネチャネチャと音をたてて、むさぼるように舌を吸いあった。

監督には、射精はなるべく外に——顔や胸やお尻に出して、それが無理なら中出しのあとお掃除フェラをしてもらうようにと指示されていたが、いつまでも結合をとけなかった。繋がり合ったまま、熱い口づけを交わしつづけた。

ふたりにはもう、まわりは見えなかった。幸せだった。撮影のスタッフのことなど眼に入らず、ふたりの世界に浸りきっていた。

そしてそれを邪魔することもまた、誰にもできなかった。

エピローグ

真夏のオフィス街を、勇作は汗みどろのスーツ姿で駆けまわっている。

同級生たちから遅れること半年、ようやく社会人一年生のスタートを切れたのだ。仕事はオフィスに設置するコーヒーサービスの営業マン。名もない小さな会社だし、苦手な営業の仕事に尻込みもしたが、生きていくために贅沢《ぜいたく》は言っていられなかった。

それに最近では、自分はもしかしたら営業マンに向いているのではないか、とさえ思う。というより、ひとりの男としては恥ずかしい過去だが、新人営業マンとしては破格のアドヴァンテージを有しているのである。

たとえば、飛びこみ営業に初めて訪れた会社で、普通ならけんもほろろに追い返されるところが、

「んっ？　キミ、もしかして……」

と男性社員からまじまじ顔を見られることがよくある。そうだとわかると、相

手の口許《くちもと》に淫靡《いんび》な笑みがもれる。

最初は気づかなくても、セールストークの途中で、

「まさかと思うけど……キミ、勇作って名前なんだよね？」

顔と名刺を交互に眺められることもしばしばだった。顔と名前を知られていることで話がはずみ、驚くほどスムーズに営業成績を伸ばしている。

勇作が出演したAV作品『愛の二穴責め――由麻&勇作』は、冷えこみの厳しい業界で奇跡の大ヒットを記録したのだ。

しかも、当初の企画であった制服OLとのぞき魔の凌辱物語ではなく、着エロ・アイドルと外出恐怖症になった男のドキュメンタリーとしてつくられ、由麻がAV出演に至った経緯《いきさつ》を、出演するふたりをはじめ、関係者のインタビューなどをまじえて詳《つまび》らかにしたのである。

事故を起こした責任を一身に背負い、被害者の男を養うためにAV出演を決意した由麻のリアルストーリーは同情を集め、そんな健気《けなげ》なキャラクターでありながら、二穴を責められて獣のようによがり泣く姿とのギャップに、AVユーザーはもちろん、一般メディアからも熱い注目を集めた。由麻が受けた取材は、五十本をくだらないはずだった。

「まさか、こんな結末になるなんてね……」

貴子は、勇作と由麻を前に深い溜息をもらした。

「わたしの全盛期でさえ『愛の二穴責め』以上のヒット作なんてないわよ。最後にもう一度訊くけど、由麻、あなた本当にAV女優をやっていく気はないの？　これだけ注目されてるんだから、スターへの階段を約束されてるようなものなのよ」

「ごめんなさい」

由麻は貴子に頭をさげた。

「AVにはもう出ません。着エロもやめて、芸能界を引退します。わたし、決めてたんです。好きな人ができたら、裸の仕事はやめようって。勇作くんが外出恐怖症になっちゃったから、すぐにはやめられなかったけど……治ったならもう、仕事に未練はありません」

「僕からもお願いします」

勇作も貴子に頭をさげた。

「由麻ちゃんには、僕のお嫁さんになってもらうつもりです……僕が頑張って彼女を養います……だからもう、仕事は……」

「わかったわよ」

貴子は苦笑し、

「どうせそう言われるだろうと思ってた。せっかくビッグビジネスのチャンスなのにもったいないけど、由麻を自由にしてあげる。まあ、『愛の二穴責め』でずいぶん儲けさせてもらったから、よしとしましょう。そのかわり、勇作くん、由麻のこと絶対幸せにしなさいよ。泣かせたりしたら、承知しないから」

「はいっ！」

勇作は胸を張って答え、由麻と手に手を取りあって喜んだ。由麻にはまだ、貴子の事務所と向こう一年間のマネージメント契約が残っていたので、貴子が引退に首を縦に振ってくれなければ、ＡＶはともかくとして、着エロの仕事は続けなければならなかったのである。

「ただいまあ……」

勇作が玄関の扉を開けると、ぷんと料理の匂いが漂ってきた。バターと生クリームの匂いだ。

今夜はイタリアンだろうか？　元々料理がうまかった由麻だが、最近クッキングスクールに通いだしてから玄人《くろうと》はだしの腕になった。結婚式はもう少し先になりそうだが、いいお嫁さんになろうと一所懸命頑張ってくれている。

「おかえりなさーいっ！」

靴を脱いだ勇作の元へ、由麻がダダッと駆け寄ってきた。その姿に、勇作は仰天した。裸エプロンだった。ピンク色のエプロンの下で巨乳がはずみ、むちむちした悩殺ボディから眼もくらむような色香が漂ってくる。

「遅かったじゃない？　なかなか帰ってこないから、心配してたんだよ」

「悪い悪い。帰ろうとしたところで、課長に呼ばれちゃってね。でも、遅いっていっても、定時より十五分くらいだぜ」

「十五分でも心配は心配なの。ねえ、キスして……」

由麻はせつなげに眉根を寄せると、サクランボのような唇を尖らせて差しだしてきた。

「……ぅんんっ！」

勇作は唇を重ねた。出がけと帰り際のキスは、由麻から義務づけられた夫の務めだ。それも挨拶程度の軽いキスではなく、濃厚なディープキスでないと由麻は納得しない。

舌をからめあううちに、可愛い童顔がみるみるねっとりしたピンク色に上気していき、勇作はあわてて唇を離した。

「晩飯、イタリアンかい？　いい匂いだな」

眼を泳がせながらつぶやくと、

「今夜もばっちりフルコース。乞うご期待……でも、その前に……」

由麻は意味ありげな上目遣いで勇作を見て、もじもじと体を揺すりながら身を寄せてきた。

「勇作くん、お腹いっぱいになったら動きたくなくなっちゃうでしょ？　だから、その前に、ベッドでイチャイチャしよう。ね、ほら？　勇作くんの大好きな、裸エプロンで待ってたんだよ」

エプロンの裾をそっと持ちあげ、なにも着けていない桃尻をチラと見せる。

「いや、それは……」

勇作は視線をそらせた。

潮を噴かせ、アヌスに指まで入れられたAVの撮影で、由麻はすっかりセックスに目覚めてしまったのだ。男に責められて味わう、深く濃いオルガスムスの虜《とりこ》になってしまったのだ。

おかげで毎日、二度も三度も抱いてやらなければ満足してくれない。いくら性欲旺盛の勇作とはいえ、昼間仕事している身でいささかキツかった。せめて複数回射精する濃厚なまぐわいは、週末くらいにしてほしい。

「なによ？」

由麻が唇を尖らせる。

「毎日毎日求められてちょっとうんざり、みたいなその顔はなんなのよ？」

「いや、べつに……そういうわけじゃ……」

勇作は苦笑し、

「でも、その、なんというかさ……俺だって昼間仕事してて疲れてるわけだし……たまには休ませてほしいなんて、思ったり思わなかったり……」

「勇作くん、約束したよね？」

由麻は眼を吊りあげて怒りだした。

「貴子さんに、わたしのこと幸せにするって約束したよね？　わたし、贅沢なこと言わないでしょ？　海外旅行連れてってとか、ブランド品買ってとか、そういうこと全然言わないでしょ？　わたしの幸せはベッドの中にあるから……」

「わかったよ」

勇作は泣き笑いのような顔になり、由麻の肩を抱いてベッドへ向かった。今夜も長い夜になりそうだった。

※この作品は双葉文庫のために書き下ろされたもので、完全なフィクションです。

双葉文庫

く-12-21

ごっくん桃乳《ももちち》

2010年4月11日　第1刷発行

【著者】
草凪優《くさなぎゆう》

【発行者】
赤坂了生
【発行所】
株式会社双葉社
〒162-8540 東京都新宿区東五軒町3番28号
［電話］03-5261-4818(営業)　03-5261-4833(編集)
http://www.futabasha.co.jp/
(双葉社の書籍・コミックが買えます)
【印刷所】
三晃印刷株式会社
【製本所】
株式会社宮本製本所

【表紙・扉絵】南伸坊
【フォーマット・デザイン】日下潤一
【フォーマットデジタル印字】飯塚隆士

ISBN978-4-575-51346-2 C0193
Printed in Japan

如月あづさ
明治遊里譚
挿《い》れませう
書き下ろし長編
近代遊廓エロス

明治維新後、根津から洲崎に移転した遊廓「掬水樓」を舞台に、遣り手婆のおわかが見聞きした、新しい女郎たちの艶姿を描く。

霧原一輝
蜜楽さがし
書き下ろし長編
回春エロス

40歳を過ぎて営業部に異動となった鍋島裕一の元に、人妻の課長・真梨子が訪れる。年下の美人上司を前に、忘れていた欲情が甦ってきた。

草凪優
祭りの夜に
書き下ろし長編
性春エロス

尾上陽平は、故郷の夏でのほろ苦い性の思い出の相手、処女を奪って振られた同級生、濃い情交を重ねた新任の女教師と再会し……。

草凪優
公園で萌えて
書き下ろし長編
性春エロス

見合いをするが失敗ばかりの柳田春夫は、ある夜公園で老いたオス犬を助けるが、この犬が春夫の女攻略に重要な役割を果たすことに。

草凪優
マンションの鍵貸します
オリジナル長編
性春エロス

不動産店の壺谷周一は、女子大生の誘惑に負け部屋を貸すことに。だが彼女は実はキャバ嬢で、お堅い未亡人オーナーを説得するハメに。

草凪優
晴れときどきエッチ
書き下ろし長編
性春エロス

妹のような坂井由美香は、朝の情報番組のドジなお天気キャスター。矢崎昌彦と由美香の関係が恋人になりそうな時、番組内で事件が起きる。

草凪優
ごっくん美妻《ミューズ》
オリジナル長編
性春エロス

新人社員の能勢耕一は、鬼上司に叱られてばかり。ところが上司の自宅でその妻と関係を持って以来、熟妻からのさまざまな誘惑に遭遇する。